中公文庫

たまごだいすき

中央公論新社 編

中央公論新社

たまごだいすき　目次

たまごだいすき

卵

辰巳芳子

我が家の厚焼き卵は卵十個に、だし、調味料を加え、厚手鍋にいっきに流して寄せ焼きにしたもので、幼い私が、その姿形と母の手ぎわに感嘆し、思わず〝心臓焼き〟とたたえたものです。

約六十年前のおおみそか、北向きの冷たい台所でこの卵焼きは生まれ、以来、何百、何千人の方々を喜ばせ、多くの余談を作りました。その中のひとつを……。

数年前、この卵焼きを発表して二か月ほどたった春の朝、山形なまりの電話を受けました。私は鶴岡の在に住むと名前を告げられて「あの卵焼きをぜひ作りたく、ついてはそれを焼く厚手鍋を見てみたいと思い、夜行でまいりました。今、バス停におります」。やがて、玄関の上がりかまちに背も丸く手をつかれたのは、なんと八十歳前後の高齢の方でした。「突然をお許しください。私の田舎は間もなく鉄道が廃止となり、それからではお訪ねかなうまいと思いたちました」

彼女は午前中いっぱい、鍋を見、さわり、焼き方を習い、食べ、旅の疲れも見せずいちいち納得、満足して「それでは、これにて」と帰ってゆかれました。何かのついでなどではなく、念仏講の人たちに卵焼きを食べさせたい、それには鍋を確かめたい、の一念だったのです。

じみな白黒写真記事の、この一点に心を集中して、老いの身を運ばれたのです。何とうらやむべき純粋で若々しい探求心でしょう。二度とお目にかかれそうにない後ろ姿を見送りながら、自分の感応力を信じられる人の幸せをつくづく思いました。

母が、子供たちのために目を見張るような伊達《だて》巻き代わりを、と願ったのは二十代後半でした。卵焼きの常識をはずし、なぜいっきに卵汁をなべに流し入れたのか、今となっては尋ねるすべもありません。申し上げられるのは、その効果です。焼き寄せると、卵生地から風味のある汁がしみ出します。この汁を煮詰めては、生地にかけて吸わせ、の繰り返し、これが他に類のない江戸風の味わいにつながりました。

母は確かに料理好きではありましたが、当時、料理書めいたものも、けいこの機会もなく、ただ、ものの本質、自分の体験を照合し、それこそ感応力を傾けて、母らしい料理に至りました。

かの厚手鍋は昭和初期、「ニギリ矢」がそろばんを離れ、手だてを尽くして作った合金でできており、寸法、重さ、火の回りのよさは、たとえようがありません。さいふをはたいて買った人、小さな記事から「鍋」と思った人。人間っておもしろい。

卵大十個を割りほぐす。だし一カップ半に塩小さじ二分の一、酒二分の一カップ、砂糖大さじ山盛り五、しょうゆとサラダ油各大さじ三を加えてよく混ぜ、卵と合わせる。鍋に、ごま油大さじ三を熱し、卵液をいっきにあけ、鍋底に固まってくる卵を、木べらで順ぐりに鍋の片側に寄せる。寄せきったら、鍋底のカーブを利用して形作る。卵の固まろうとする力で半円形にまとまるはず。しみ出した汁を煮つめつつ、汁を卵に吸収させる仕事を繰り返す。煮つめた汁はとろみをおび、これが卵焼きの味になる。片面が焼けたら引っくり返して焼き上げる。火加減は初め十の火を五にして卵を寄せ、三に落として仕上げる。所要時間約四十分。

たつみ　よしこ　一九二四年東京都生まれ。料理家。母・辰巳浜子に家庭料理を学びながら、西洋料理の研鑽を積む。日本の食文化への提言を続け、「いのちのスープ」を考案。『あなたのためにいのちを支えるスープ』『辰巳芳子ご飯と汁物後世に伝えたい食べ物』など著書多数。

玉子

高山なおみ

レシピでは卵と書くのが決まりだけれど、本当は玉子が好きだ。玉の子。

卵よりもずっと、ありがたみのある感じがする。

私が子どものころには玉子は貴重品だった。うちは四人兄姉妹だったから、ごはんにかける玉子はいつも、「はんぶんずっこ」して食べていた。八人家族が丸いお膳を囲む朝ごはんの大鉢の納豆も、箸を束にしてよくよく練って粘りを出し、玉子一個を割り入れたら、泡が立つまでふわふわにかき立てる。納豆にはいつも、さばぶしと青ねぎを刻んだのを混ぜた。

玉子かけごはんや納豆ごはんを食べたあとは、粉がふいたみたいに白いのが唇のまわりにつく。学校で友だちの顔を見れば、（あ、朝ごはんに生玉子か納豆を食べてきたな）と分かる。

祖母のうどんは、玉うどんという太めのゆで麺を甘じょっぱいおつゆでふっくらと煮て、玉子でやさしくとじてあった。具は何にもなし。ねぎもかまぼこもいっさいのせない。風邪をひいたり、お腹をこわしたりして学校を休んだ日、布団にもぐっているとお椀によそって運んでくれる。寝室のふすまを開け、祖母と一緒に『おはなはん』を見ながら食べるのが、私はとても楽しみだつた。おうどん、と呼んでいた。

おうどんは土曜日のお昼ごはんにもよく作ってくれた。土曜日は学校が半ちゃんで終わるから。

双子のみっちゃんはたまごと発音できなくて、「おばあちゃん、今日もたがもにしてね」と言った。上履きの袋を脇にぶらぶらさせた黒いランドセルをしょって、みっちゃんは出しなに玄関の戸口で言っていた。小学校一年生だったのだと思う。もしかしたら毎週、土曜日のたんびに言っていたのかもしれない。首をちょっとかしげ、体も斜めにして言っていたそのときの表情、甘えた声を、私は今でも覚えている。みっちゃんは同い年の私から見ても、とても可愛らしかった。前髪を横分けにしてピンでとめたり、ベレー帽をかぶっておでこを出したりすると、女の子みたいだった。

みっちゃんに玉子のお粥を作ってもらったのは、上京して三年目くらいだったろうか。私は美容室の二階から、下北沢の平屋のアパートに引っ越し、「グッディーズ」という喫茶店でアルバイトをしていた。

風邪をひいて熱を出し、心細くなってみっちゃんの下宿先に電話したら、電車に乗ってすぐ来てくれた。おでこのタオルがぬるくなると、枕もとの洗面器でゆすいでのせてくれた。りんごもむいてくれた。

みっちゃんが作ったお粥は、玉子が黄色く、やさしくからまっていた。お盆の上には、のりの佃煮のビン。

今でも、風邪をひいたとき、玉子のお粥にのりの佃煮をのせて食べながら、私はあの六畳間のオンンジ色の電灯の下に、みっちゃんといる。

◎ふわふわ和風オムレツ（1人分）

①ボウルに卵2個を溶きほぐし、牛乳大さじ1、塩ひとつまみ、きび砂糖大さじ1を加えてよく混ぜる。1センチ角に切ったはんぺん¼枚を加え、ざっと合わせる。

②フライパンにバター10グラムを入れて強火にかける。バターが溶けてきたら①の卵液を流し入れ、菜箸で大きく混ぜる。半熟にまとまったらフライパンの端に寄せ、オムレツの形にととのえる。

③フライパンをふせるようにして器にのせ、しょうゆを落として食べる。

たかやま　なおみ　一九五八年静岡県生まれ。料理家、文筆家。日々の生活の実感が料理となり、文となる。日記エッセイ『日々ごはん』シリーズ、『帰ってから、お腹がすいてもいいようにと思ったのだ。』『自炊。何にしようか』『本と体』『暦レシピ』『毎日のことこと』など著書多数。

極道すきやき

宇野千代

「極道すきやき」と言うこの料理の題を見ると、誰でも、ちょっと吃驚《びっくり》するでしょうね。私の家へ来て、このすきやきを食べた人は、一ぺんで、その味の虜《とりこ》になって、「もう一ぺん、あのすきやきをご馳走して下さいませんか。あの味がどうしても忘れられないんです」と、きまってそう言うんです。

そのたんびに私は、大得意になってエッに入るのですが、実のことを言いますと、人は誰でも、このすきやきを私の創作だと思い込んで、買い被《かぶ》っていますけれど、それがそうではないんです。

私の極く懇意にしている人で、麴町で「箕作《みのさく》」と言う懐石料理の店をやっている、中島良典さんのところで、家庭料理として御馳走になったものなのです。

それ以来、私も病み付《や》きになって了《しま》いましてね、中島さんに直接、作り方を教えて貰いまして、何かと言うと、このすきやきを作っては、好い気になっていると言う訳なんですよ。

では、その中島良典さんの作っているすきやきと言うのは、一体、どんなすきやきなんでしょうか。

まず、第一に変わっているのは、普通のすきやきのように、豆腐、しらたき、葱などの具《ぐ》を一切、使わないことです。次ぎに、このすきやきに使う肉は、百グラム三千円はする和牛、と聞いて、だからこそ、口に入れた瞬間、あの、とろけるような美味が味わえたのかと、私は吃驚したのでした。

このすきやきの特長は、あの、素晴らしい肉の旨味《うまみ》だけを、純粋に堪能しよう、と言う訳なのですね。その場合には、葱や豆腐は、よけいなものなのです。贅沢《ぜいたく》と言えば、これ以上、贅沢なすきやきはありませんね。極道すきやきと名前をつけた私の気持が、誰にでも分からない筈がない、と私は思ったのです。

私は中島さんのところから家へ帰って、何回もこのすきやきをやっていま す中《うち》に、このすきやきは中島さんの手から離れて了って、私の、我流になって了ったかのように思われるかも知れませんが、出来るだけ中島さんの作り方に忠実になって、再現して見ることに致しましょうね。

まず、すきやきに使う割りした、ですが、これはそんなに神経を使う必要はありません。普通の割りしたより、ちょっと濃い目、と思うくらいで好いようです。

あとの材料は、例の牛肉、これを焼く太白胡麻油、ナポレオン級のブランデー、それに、とてもたっぷりの卵黄を用意します。焼く鍋はテフロン加工の鍋に限ります。

まず大皿に牛肉を並べます。最初にブランデーをかけ廻し、その次ぎに、割りしたをかけ廻します。その上に、よく溶いた卵黄をたっぷりかけて、用意が出来ました。

テフロン加工の鍋を熱して、太白胡麻油を敷き、卵黄をからめた牛肉を、その上で焼けば好いのです。焼いた瞬間、割りしたの醤油とみりんの焦げる匂いに混じって、ブランデーの香りが立ちのぼります。見ていますと、誰でも、お腹の虫がグウ、と言います。

焼き具合はお好み次第です。肉に卵がからまっていても、鍋がテフロン加工ですから、こびりつくことはありません。私はいつでも食べながら感心するのですけれど、割りしたと、ブランデーと、卵黄の取り合わせの妙、と言いましょうか。それぞれの素材がひとつになって、味のハーモニーを創り出していることです。こう言うのを、料理の相乗効果と言うのでしょうね。

でも、みなさんがお作りになるときは、百グラム、千円くらいの牛肉でも、結構、おいしいものですよ。

うの　ちよ　一八九七年山口県生まれ。小説家、随筆家。『おはん』で野間文芸賞、女流文学賞受賞。代表作に『色ざんげ』『或る一人の女の話』などがある。雑誌「スタイル」を創刊し、きものデザイナーとしても活躍。自叙伝『生きて行く私』がベストセラーとなる。一九九六年没。

プレーンオムレツ

阿川佐和子

母が格別に料理上手だったかどうか、娘の私には確信がない。しかし、人一倍食い意地の張った父と結婚したせいで、料理に追われる人生を送るはめになり、腕を磨かざるを得なかったのは事実であろう。

なにしろ父は生前、朝ご飯を食べながら、「おい、今夜は何を食わしてくれるんだ？」と母に問いかけるのが常だった。そう言われるたびに母と私はこっそり目を合わせ、無言の会話をする。

〈朝から晩ご飯のこと考えたくないよね〉

まずいものを食べたときに発する父の決まり文句もあった。

「あと死ぬまで食べる回数は限られているというのに、一回、損をした。どうしてくれる？」

冗談で言っているのではない。本気で怒り出すのである。露骨に「まずい」と言いにくい場合は、箸の先で気に入らない料理の載った皿を前方へ押しのけて、「さあさ、お前たち、どんどん食べなさい」と家族にすすめるが、「旨い！」と感動した瞬間は人に譲る気持が失せるのか、皿を囲い込み、ときに子供の皿にまで手を伸ばしかねない。

そんな父を日々満足させるために、母は料理本を開き、知人に料理法を教わり、あるいはレストランで父が気に入ったという料理を聞きよう聞き真似（って言葉はないが）で試し、料理ノートを作ってレシピを記録した。

よく母はベッドサイドに立て掛けた料理ノートをめくり、「ああ、今夜は何を作ろうかしら」と思い悩んでいた。そのノートには母の手書きで「オックステールシチュウ」や「レモンライス」や「牛ひき肉クリームコロッケ」や「キャベツ巻き」や、「なみちゃん冷や麦」（なみちゃんという方に伝授された濃厚野菜醤油だれをつける冷や麦）や「賀来カレー」（賀来さんという方に教わったインド風カレー）や「ドライカレー」や志賀直哉家直伝の「鶏飯」や「レバーのベーコン巻き」（オードブル）や「レーズンバター」（父がバーで供されて気に入り、母に作らせた）などがジャンルを問わず、たくさん載っていた。

母が新しい料理に初めて挑戦したときはだいたい成功するのだが、なぜか同じ料理を二度目に作ると父の顔の曇ることが多かった。

「こないだほど旨くない」

初回は緊張して作るせいで成功するが二度目になると少し気が緩むのかもしれない。それとも「こないだは旨かった」という父の過大な記憶が、二度目のがっかりにつながるのか。理由は定かでないが、そんな両親のやりとりを見ながら私は子供の頃に学んだ。「二度目に作る料理はたいてい失敗する」

このジンクスは、未だに破られることがない。

ちなみに父は毎晩、晩酌を欠かさなかったので、日によってビール、日本酒、ドライマルティーニなどを用意し、そのお酒に合う「つまみ」をまず作らなければならなかった。さほど凝ったものでなくともよいが、たとえば枝豆やチーズ、ときにハムサンド、あるいはコンニャクのピリピリ炒めや冷奴などの簡単な総菜類。続いてメイン料理として肉料理や魚料理を作る。それらがアツアツの状態で供せるよう、母と私は交代で食卓を立ったり座ったりしながら、できた料理を順繰りに運ぶ。ところがようやくメインの料理を食卓に並べ、これで今日の作業は峠を越えたと思いきや、父が発言することがある。

「で、今日、俺は何で飯を食えばいいんだ？」

つまり、並んだ料理だけでは満足できないという意味である。母と私は慌てる。もう一品？　何を作ればいいんだ？　そういうとき、母は、

「オムレツでも作りましょうか？」

父は待ってましたとばかりに、

「ああ、それはいいね。作ってくれ。バターをケチるなよ」

健気な娘は疲れているはずの母のかわりに、「私が作るよ」と席を立ち、台所に駆け込む。しかし実のところ、自信がない。母のように上手に焼けた試しがないからだ。

母のオムレツの作り方に特別なコツはない。フライパンを火にかけてバターを心なしか少なめ（私が使う量に比べて）に入れ、塩胡椒を振った玉子を流し込む。菜箸で軽く混ぜ、固まり始めた玉子をトントントンとフライパンごと上下に揺らし、コロンと丸めて皿に盛る。たったそれだけのことなのに、なんとも言えず表面のきれいな、上品なプレーンオムレツが出来上がるのだ。どこが違うの？　私は母のオムレツを見るたびに首を傾げる。一方、それまで不満そうだった父は、母のオムレツをご飯にのせて口に掻き込むや、

「旨い！　バターが効いている」

母が少し量を控えたことも知らず、いとも満足そうに、お酒で赤くなった顔で笑うのであった。

あがわ　さわこ　一九五三年東京都生まれ。小説家、エッセイスト。『ああ言えばこう食う』（檀ふみとの共著）で講談社エッセイ賞、『ウメ子』で坪田譲治文学賞、『婚約のあとで』で島清恋愛文学賞を受賞。「週刊文春」の「阿川佐和子のこの人に会いたい」は連載一五〇〇回以上に。

おうい玉子やあい

色川武大

ええ、このォ、たまごというものは――、という古今亭志ん生の声音《こわね》をなつかしく思いだす。――子のかたまりがたまにⅩなっているものでありましてェ。

そういうたまごというものが私どもの前から姿を消してしまって久しい。近頃のスーパーなどで一ダースくらいずつパックされて売られているやつは無精卵で、子のかたまりでもなんでもない。あれを抱いて温めていたってひよこもなにも出てきやしない。

以前は、店先にあるたまごというものは、ピラミッド型にひとつずつ積まれているか、籾殻《もみがら》の中に埋まっているかしていた。主婦たちが掌《てのひら》にのせたり振ったりして、ひとつずつ選ぶ。小なれどもやはり生命あるものであり、それを喰べてしまうといううしろめたい実感があった。ものを喰べるということは必要欠くべからざることでありながら、うしろめたい、そこに微妙な味があったように思う。

喰べ物も、パックなどされて現れてはおしまいで、文房具か石鹼の類《たぐい》と変るところがない。

江戸小咄《こばなし》などにも、女郎が抱え主の眼を盗んで夜鳴きうどんをとり、懐中に大事そうに忍ばせてきたたまごを、カチッと割り入れたりする場面がある。あれも有精卵だから、滋養になると思えるし、生あるもの同士が喰べたり喰べられたりしている哀れも誘うのである。

それに、高価ではないにせよ、現今のように安くはなかったように思う。日常の喰べ物ではありながら、たまごはそれ相応の贅沢《ぜいたく》品であった。安くて、感動もなく量産されていて、くだらなく便利になってしまったな。

地玉子、という名称は、生ソバ、という看板と同じで今はたいして意味のない形容になってしまったようだが、以前は、地鶏とか地玉子という言葉がちゃんと生きていた。東京周辺部では、多摩川沿岸がたまごの産地でね。割ると、ピンポン玉のような黄味がコリッとまるく盛りあがって崩れない。口の中に含むと、ねっとりとして歯ごたえがある。

生卵に歯ごたえという記し方が、大仰《おおぎょう》でないんだ。あの美味《うま》さは、今の若い人はもう知らないだろうな。

七、八年ほど前、多摩川の向う岸のおおきな団地の友人のところに泊めてもらったとき、朝早く、附近の小店を探索したら、朝とり卵、なんて札が立っていて、パックされていないたまごが積んであるから、こおどりして買い求めて友人の家で、カチッ、と割ってみたら、やっぱり、溶けて流れそうなペチャパイの黄味が出てきた。あれは、どうなってるのかね。

府中市に住む友人に訊《き》いても、近頃はパックされたたまごしか売ってないようだという。このへんにたくさんあった養鶏場も、臭気で住民に責められ、宅地に変るなどしてもう今はほとんど無くなってしまったようだ。

東京ばかりじゃない。地方の旅館でも、新鮮な生卵が朝食についてくるところが稀《まれ》になってしまった。全国的に大量生産方式ブロイラーの天下だものね。

今から十二、三年ばかり前になるけれども、国電目白駅の横手の石段をおりたあたりの路傍に、夕方になると、主婦たちの列ができる。しかしそのへんに店屋があるわけではない。定まった電信柱が彼女たちの目標で、やがて、そこへ七十ぐらいの小柄な老人が、汗のにじみ出た帽子をかぶり、大きなリュックを背負い両手に石油缶をぶらさげて、まるでかたつむりが住み家を背負って移動するような形で、息も絶え絶えになって現れる。

お爺《じい》さんは毎朝、暗いうちに起きて汽車で甲府の在の方まで行き、たまごを背負ってくるのである。降っても照っても、休みなし。雨降りの日は、商店街のアーケードの下に売り場をつくる。

大量生産の無精卵ではなくて、農家の庭で放し飼いにしてある鶏が、自然に産んだたまごである。そういうたまごは、甲府の在でも駅から相当に奥へ入らなければならない。

お爺さんは山裾を歩きまわって、少しずつ農家からたまごを集めてくる。

そうして夕方、目白駅周辺までたどりつく。

これはもう、本当にこりこりした、輝くようなたまごであった。そのたまごを買って帰って、炊きたての飯にかけて喰うその美味さ。飯なんかなくたって、生卵だけ呑んで、頬《ほお》が落ちる。

いつからそんな稼業をやっているのか。私は当時目白の近くに住んでいて、偶然眼にとめて以来ファンになってしまったのであるが、昨日今日、どこかを停年退職してはじめたというふうではない。妙ないいかただが、一途にこの生き方で押しとおしてきたような感じに見える。

戦後、焼け跡ヤミ市の頃、かつぎ屋という商売があった。かく申す私も十代の頃、野菜や果物を背負ってきて道ばたで売っていたことがある。私のようなのを含めて、初期の頃はヤミ屋さんといった。

統制経済の頃、政府から配給される物品以外はすべてヤミであり、それらを売り買いすることは条令違反である。もっとも配給物だけでは生きていけない。

ヤミ行為をせず、条令を守りとおした結果栄養失調死し、一身にかえてそのことを証明した裁判官があった。だから都会の人間はすべて、条令違反をしながら育ってきたのである。

ヤミ市が発展してマーケットになり、おおっぴらにいろいろな物が売られるようになってからも、午前中、電車が着くたびにリュックを背負った人たちが三々五々とおりたってきて、駅前の商店街に物品を卸《おろ》していく。彼等はもうヤミ屋とは呼ばれず、かつぎ屋といった。

最後まで統制されていた米が多く、それは料理屋や個人契約の家に運ばれる。が、果物や干物類などはかつぎ屋の手をとおして仕入れていた店が多かったはずだ。

生産地の人が直接運んでくる場合もある。しかし大部分はヤミ屋時代からの人で、年輩の男女が多く、中には復員兵の恰好《かっこう》そのままで十年も続けているという人もあった。ある程度の年輩になると、職業転換がなかなかむずかしいし、おっくうになる。

けれども普通は、世間の復興の歩調に合わせて、ヤミ市時代の生き方を変えていた。そういう眼には、いつまでたってもただもう身体を使ってわずかな利ざやをとる彼等の生き方が、なんだか気の利かないものに見えた。

実際、物価もやや安定し、もっと合理的機能的な仕入れ方法も他にできてくると、弱い個人は買い叩かれてしまうのだ。利がすくなくなれば量でおぎなうほかはなく、持ち運ぶ荷がどんどん大きくなる。

ヤミ屋時代から、一斉《いっせい》と称する取締りがときどきあって、荷を召し上げられたり始末書を書かされたりする。いわゆる法網をくぐる商売だったが、個人的には実に辛抱づよい、地味な人柄の人が多かったように思う。またそういう人でなければとても続かない。

私の母親のところに米を運んできていたおじさんは、荷をおくと熱い茶を所望して弁当を使ったが、彼の弁当は米飯ではなかった。うどん紛のパンか、芋だった。

そうして彼等の姿も昭和三十年代にはほとんど見られなくなった。

察するに、目白のたまごのお爺さんは、そういう類の生き残りであろうか。

——私ははじめそう思った。

ほどなくその考えを変えた。お爺さんがたまごをあつかうときの手つきが撫《な》でさするように丁寧なのである。この仕事を本当に愛してるんだな、と思う。たまごを運んで、売る、そうしていることが好きで好きでしようがないんだ。そうとしかいいようがない。ただの惰性で老人に続けられるわけがない。

とにかく、ありふれた無精卵よりも、お爺さんが難行苦行して運んでくる本物のたまごの方が、ずっと安いのである。

主婦たちは皆、容器を持って並んで、一キロ、ニキロと買っていく。周辺のおソバ屋さんや小料理屋さんも並んでいる。

せっかく安売りしたって、その人たちが商売に使って結局もうけてしまうわけで、あほらしいようにも思えるが、お爺さんはついぞそんなことは考えないらしい。本質的に人間が高貴なのである。

古風なカンカン秤《ばか》りで、註文をききながら秤っているが、なかなかぴったりと目方が合わない。すると大ぶりなのと小ぶりなのと替えたり、あっちをいじり、こっちをいれかえ、一人の客に売るのにも相当に手間がかかる。ときとして、たまごを抱えたまま放心していることもあるくらいだ。

それでなかなか列が進まないが、誰ひとり文句をいう者がない。皆、お爺さんの汗のしみでた帽子や洋服のあたりに眼をとめながら、ひっそりと待っている。

まったくそれは絵になる光景だった。ものを売り買いするということは、こういうことなのだ、と思う。私も、それを買った以上、お爺さんに倣《なら》って、大切に、宝石のように、そのたまごをあつかおうと思う。

それで家に帰ってきて、大切なたまごを、カチッ、と割って喰べてしまう。お爺さんの汗と執着が、つうッと喉《のど》のあたりをすべりおちる。実にあっけなく、またうしろめたいが、ものを喰べるということは、実はこういうことなのだと思う。

あのお爺さんはどうしたろう。私が目白から荻窪に移る前に、ぱったり姿を見かけなくなってしまったが。何があろうと商売を休むような人ではなかったが――。

たまごについて、記すことはたくさんあるのだけれど、目白のお爺さんで意外にページを喰ってしまった。あとはちょっと駈け足になる。

実は、私は、こりこりの有精卵には感情移入しているけれど、たまごは、私の大好物とはいいがたい。

トロッととろけるようなプレーンオムレツは美味い。輪切りにして弁当の中に入っている固ゆで卵も、なんとなく捨てがたい。けれども、何が喰いたい、と訊かれて、たまご、と答えることはめったにあるまい。

私の知人の中で、たまご男は漫画家の黒鉄ヒロシである。なじみの旅館で彼と麻雀をしていて、深夜になると、

「あのゥ、お女将《かみ》、例のやつ――」

「ああ、あれね、わかりました――」

ほら、はじまった、とこちらも思っている。やがてお女将が大皿にゆで卵を山と盛って出してくる。

黒鉄ヒロシは、いきなりそれを、五つ六つ、むしゃむしゃ喰ってしまう。皮を剝くのがまにあわなくて、お女将がつききりでそばに坐って皮を剝いてやる。

そこで小休止して、また二つか三つ、喰う。あんなに喰っちまって、コレステロールの塊《かたまり》になるぞ。黒鉄ヒロシじゃなくて、コレステヒロシになっちゃう。

そう思いつつ、私もつられて、喰う。他人を誘いこむ勢いを、彼の喰い方は備えている。

昔、三島由紀夫の小説を読んでいたら、ゲイボーイの人が卵を肛門に一つ二つさしこんで、鶏のようにポトリと産んでみせる場面があって、なるほど、さすが、と感心したが、あの頃は私も純情だったな。それ以前は、小学校の遠足で、どうしたはずみか、皮を剝いた丸のままのゆで卵を、嚙《か》まずに吞みこんで呼吸困難におちいった子を目撃し、これにおおいに感心していた。

口で吞みこむより、肛門で吞みこむ方が奇態にはちがいないが、しかし今考えてみても、丸のままのやつを、大人だって、そっくり鵜《う》吞《の》みにすることはできないと思う。はずみといえばそれまでだが、喉の太い子だったのだろう。もっとも私たちは、巳《み》年であって、そう思えば不思議ではなくなる。

実は、この原稿を記す前に、築地魚河岸《うおがし》近くの〝とゝや〟というメシ屋を再訪した。たまごのことを記すならば、この店を逸することはできないと思ったからだ。

この〝とゝや〟というのは、河岸に仕入れに来る人たちが愛好した店で、したがって昔は朝方早く開店し、昼すぎにはもう閉店してしまう、という店だった。

小柄なお爺さんが店先で、気むずかしそうにトリを焼いていた。できますものは、焼トリを丼にのせたようなキジ丼と親子丼。それにスープが出る。このスープがうまい。

いつ頃からか二代目夫婦が店をとりしきるようになり、店内も小綺麗《こぎれい》にし、夕方もやるようになった。喰べ物の本などにときどき、キジ丼の店として載っているからご存じの方もあろう。

しかし私はこの店の親子丼の方のファンなのである。親子丼というもの、すっかりおソバ屋さんのつけたりの品目に堕してしまって、どうも印象が下《げ》卑《び》てしまったが、本来はうまい喰い物だと思う。

ちゃんと心をこめてつくれば、我々庶民にとってご馳走《ちそう》になりうる喰い物なのに、ちゃんとつくってくれるところがない。これがどうも腹立たしい。親子丼しかり、ハヤシライスしかり、チャーハンしかり。街の飲食店はチャーハンなど、昨日の残り飯の始末をするつもりでいる。

〝ど丶や〟の親子丼はちがった。東京でただひとつといってもいい、ちゃんとした喰べ物だった。みじんに切ったトリ肉（ひき肉ではないぞ）を一緒にして煎《い》り玉子ふうにつくったものが具である。実に舌になめらかで、繊細な喰べ物になっている。それで十年ほど前でたしか六百五十円だった。

ところが、この店に合わせて早起きし、練馬から長駆、車を飛ばして行ったのに、店内に入ると、キジ丼の標示しかない。

「親子丼はどうしたのですか——」

「ああ、あれはもうだいぶ前にやめました」

哀しかった。食通の本が、キジ丼のことを記すものだから、こうなってしまう。親子丼という標示だけでは、もう客の心を誘わなくなったのか。

それとも、上質のたまごが手に入らなくなったからなのか。

もうこうなると、私の知っている限り、親子丼は、日本じゅうであそこ一軒きりである。

静岡の〝中村屋〟。駅前から国道一号線を少し浜松方面に行き、昭和町通りに折れて共同石油のスタンドの角を曲がったあたり、これも小さな店だが、まアここは日本一の親子丼専門店だろう。

ただし近年はごぶさたしている。まさか、やめました、ではないだろう。やっていてくれますように、祈りたい気持ちである。

ここの親子丼もトリと煎り玉子を御飯のうえにのせたものだ。

俗にいう親子丼は、この店では〝はんじゅく〟と称している。半熟、であろう。まったく親子丼は、というよりたまご料理はすべて、半熟であるところに生命がある。

もうひとつ、〝たきこみ〟と称するトリのたきこみ御飯があるが、これもすばらしい。まア喰べてごらんなさい。いずれも四、五百円だった。

昔、静岡に行けばもちろんだが、新幹線を途中でおりて喰べに行ったこともある。ここに行って、親子丼を喰べ、たきこみ御飯を喰べ、できればさらに〝はんじゅく〟を喰べたい。腹が一杯になってそういかないのが口惜《くや》しい。

いつか永六輔さんがこの〝中村屋〟のことをいいだして、私は狂喜し、二人で百年の友のようにしっかり手を握り合ったことがあった。
とにかく、よい店、よい商人というものは、構えでなく、愛嬌でなく、ただあつかう物にどことなく気品がただようものである。

いろかわ　たけひろ　一九二九年東京都生まれ。小説家。「黒い布」で中央公論新人賞、『怪しい来客簿』で泉鏡花賞、『離婚』で直木賞、「百」で川端康成賞、『狂人日記』で読売文学賞を受賞。阿佐田哲也の筆名で『麻雀放浪記』などのギャンブル小説を執筆。八九年没。

卵焼きキムパプ

平松洋子

「いったいなんの巡業ですか」

ぴょん子が呆れた声で聞く。十一月は大阪→沖縄→岩手→香港、旅が続いてやたらせわしなかった。しかし、ぴょん子はたたみかけて言う。

「その巡業の大団円、ぜひ厳寒の韓国にて！」

そして気温二十四度の香港ののち、ぴょん子とともに気温マイナス二度のソウルに降り立った。

滞りなく仕事を終え（冬越えの白菜キムチを大量に漬けるキムジャンの取材です）、これにて巡業終了。ほっと安堵したわたしの脳裏に浮上したものがある。いったん食べたくなると抑えがきかなくなる危険なアレ。ソウルでたったひとつのアレ。

「もったいつけないでくださいっ」

ぴょん子が焦《じ》れる。あのね、それはね。

「ケランマリ・キムパプ。つまり卵《ケラン》焼きで巻いた海苔巻き《キムパプ》」

はじめて遭遇したのは五年ほどまえだ。細い海苔巻きの外側にくるりと薄い卵焼き。黒と黄の豪華二色巻きである。それをすぱすぱ切ったちびっ子が皿いちめん、みごとに肩を並べて勢揃いしているのです。

ぱくっとつまんで、にんまり。卵焼き、海苔、香ばしいごま油、まっ黄色のたくあん、赤い魚肉ソーセージ、口中しあわせの混沌。ポンチョン駅の近く、脚のがたついたテーブルがひとつだけの古くて狭い店だった。あそこに行きたい。オモニの絶妙チームプレーもまた見たい。

扉を押すと、いきなり海苔巻き劇場の開幕だ。壁ぎわで一心不乱に海苔巻きを巻くオモニ1。となりでひたすら卵を焼くオモニ2。その超絶技巧に目は釘づけだ。

①卵をカチャと割って鉄板にポン、これを片手で速攻連続三回。
②三つの目玉に金属ヘラをだーっと走らせ、平らに潰して長方形に均《なら》す。
③オモニ1制作の海苔巻きを、間隔を空けて三の字に配置。
④金属ヘラで卵焼きを切り離し、キムパプを一本ずつ回転させて卵焼きをくるっと巻きつける。
①〜④の全工程わずか二分。
「す、す、すごい……」

ぴょん子が絶句。わたしも、あらためて感動。

店主スンジャさんのオリジナルである。卵焼きにうっかりキムパプを落とした偶然が運命のはじまりだったのよと、はじめて会ったとき教えてくれた。二十六で夫に死に別れ、これ一本。「おいしくて中毒になる」と評判を呼んで、朝から深夜まで四十年ひたすら巻きつづけて子どもたちを育て上げた——卵焼きキムパプには女の人生も巻かれているのです。

ほのあたたかい卵焼きが泣ける。添えた赤い干し大根の漬けものは、ドスがきいた激辛。夢中でつまんで、あっというまに一本が腹に消えた。

ぴょん子がつぶやく。

「いつかどこかの町でヘラ片手に卵くるくる巻いてるかも、わたし」

ヘラ一本、腕一本、コブシをきかせて唄いあげる女のど自慢。ほんのりやさしい味なのに、ひとを虜《とりこ》にする卵焼きキムパプは女の勲章だ。韓国オモニの底ヂカラがすごい。畏敬しつつ最後のひと切れを見つめたぴょん子とわたしは、同時に手を伸ばした。

ひらまつ　ようこ　一九五八年岡山県生まれ。作家、エッセイスト。食文化と暮らし、文芸をテーマに執筆。『買えない味』でBunkamuraドゥマゴ文学賞、『野蛮な読書』で講談社エッセイ賞、『父のビスコ』で読売文学賞受賞。『おあげさん』『酔いどれ卵とワイン』など著書多数。

ピータンのタン

新井一二三

ピータンをご存じですか。粘土に灰などのアルカリ性物質、塩や茶葉を加えて漬け床を作り、アヒルの生卵を殻ごと埋めて熟成させる保存食です。以前は籾殻《もみがら》をまぶした状態で売られていましたが、最近では中国でも土をきれいに洗い落とし、パック詰めにしてスーパーの棚に並べられるようになりました。中国では明代にさかのぼり、五百年以上の歴史を持つ伝統食品です。

生野菜の糠《ぬか》漬《づ》けや、生肉の塩漬けを風干しあるいは低温燻製《くんせい》して作る生ハムなど、世界各地に発酵食品、保存食は数々ありますが、生卵を利用したものは珍しく、日本人など外国人は最初驚くのが普通です。英語では century egg（世紀卵）や thousand-year egg（千年卵）と呼ばれたりもしますが、実際には数週間から数か月で完成します。

ピータンを買ってきたら、殻を剥《む》いて包丁で放射線状に切り、針生姜に酢醤油などのタレを添えて食べます。卵白の部分はコーヒー色に透き通って硬いゼリーのような弾力を持ち、卵黄の部分は深緑、紫、黒など複雑な色彩を呈《てい》しつつ、中央部は固まらずにとろっとしているのが上物です。ピータンのピーは硬いコーヒーゼリーのようになった卵白のことで、漢字で書けば皮。そこに松の葉のような模様が浮き出ると松花蛋《ソンホワダン》と呼ばれます。松花は松模様、蛋は卵のことで、ピータンの美名です。

ピータンは漢字で書くと皮蛋《ピーダン》。中国料理では単独あるいは塩漬け卵と合わせ、前菜として食べるほか、豚肉と一緒にお粥の具にしたり、炒めものに入れたりもします。

中国語と日本語は、同じ漢字を使う単語がたくさんある反面、相互に意味がずれる場合もあります。蛋白質の蛋が卵の意味だというよりも、タンパク質とはそもそも「卵白質」のことなのです。

蛋は卵、鶏蛋は鶏卵を指すので、卵チャーハンは鶏蛋炒飯《ジーダンチャオファン》、卵スープは蛋花湯《ダンホワタン》となります（卵スープを作るには、スープに水溶き片栗粉でとろみをつけたところに、ごま油を数滴落とし、最後に溶き卵を静かに流し入れると、薄衣のように美しく広がります）。中国語圏では大人も子どもも大好きなトマトと卵の炒め物は西紅柿《シーホンス》（トマトのこと）炒蛋《チャオダン》です。

では、蛋の字が卵を指すならば、卵《ルワン》の字は何を指すのでしょうか。

卵の字は、日本語同様に卵を指すこともあるものの、むしろ卵子や卵細胞などを指すことのほうが多いのです。それは、もともとこの字が、水中に産み落とされた魚の卵を意味したため、柔らかいイメージを持つことと関係していそうです。

そして、注意事項として挙げなければならないのは、蛋にせよ卵にせよ、本来的に生殖に関する語であるために、しばしば下ネタ、あるいはそこから転じて罵《のの》り言葉として使われるということです。

特に蛋の字は、蛋蛋と二つつなげると、はっきり睾丸《こうがん》の意味になり、壞蛋《ホワイダン》といえば悪者を、笨蛋《ベンダン》といえば馬鹿者を指します。

最強のカードは王八蛋《ワンバーダン》で、これは口から出た途端、喧嘩を売ったと解釈され、相手からパンチを食らわされる可能性すらあります。それは壞蛋や笨蛋とやや異なり、王八蛋ははっきりと王八《ワンバー》すなわちスッポンの睾丸を指しているためです。古代の中国では、スッポンの雄には生殖能力がなく、雌が蛇と交尾して子どもを産むと考えられていたため、雄のスッポンに喩えることは男性に対する侮蔑なのです。昔は娼婦のヒモや娼館の亭主も王八と呼んだようですが、それも同じロジックから導き出されたものです。王八の解釈として、本来は忘八と書かれ、儒教における八つの徳を忘れた者の意であるという言い方もあります。けれども、中国語の世界で、スッポンや亀（俗に「緑帽子《リュイマオズ》」といえば妻を寝取られた男＝コキュの意）が登場する頻度を考えると、それはやっぱりスッポンでしょうと考えるのが自然です。

日本語との関係でもう一つ指摘しておきたいのは、卵を玉子と書くのは、日本語独特の表記だということです。日本語では、玉と球が同音で、意味も相通じていますが、中国語の玉には玉石の玉の意味しかありません。そのため、玉子と書くと、中国語的には宝石のイメージが湧き、玉子豆腐という料理にいたっては、卵豆腐とは大違いの高級で繊細な一品とイメージされるのです。同様に、中国語の玉には球の意味がないため、たとえば玉の汗という日本語の指すところは、中国語的には自明でなく、想像の余地が広がることになります。中国語における玉の字のイメージと、日本語のタマという語の持つ語感の差は、実に面白いものがあります。

あらい　ひふみ　一九六二年東京都生まれ。中文コラムニスト。明治大学理工学部教授。中国語圏の新聞や雑誌に多くの連載を持つ。日本語の著書に『中国語は楽しい―華語から世界を眺める』『青椒肉絲の絲、麻婆豆腐の麻』、訳書に『オールド台湾食卓記　祖母、母、私の行きつけの店』（洪愛珠著）などがある。

親子の味の親子丼

東海林さだお

三人でお店に入って、それぞれがカツ丼と天丼と親子丼を注文するとき、
カツ丼の人は、

「カツ丼」

と言い、天丼の人は、

「天丼」

と言う。ところが親子丼の人は、

「親子」

と言って「親子丼」とは言わない。

親子丼に限って「丼」が抜けるわけです。

「いや、わたしはちゃんと、『親子丼』と言いますよ」

という人は、都合がわるいのであっちへ行っていて。都合がよくなったらまたこっちへ呼びます。

なぜ丼をつけないのかというと、「親子」で十分通じるからなんですね。「カツ丼」の丼を取ると、「カツ」となって「カツ」と間違われるし、「天丼」のほうは「テン」となって、なんのことやらわからず、店員の目がテンになってしまう。

親子丼を注文する人の中には、

「ぼく、親子」

という言い方をする人もいる。

日本人同士の会話ならこれでいいが、ここに外国人が混じると、

「？……」

ということになる。

外国旅行の機内食のとき、

「ビーフ・オア・チキン？」

と訊かれて、「アイ・アム・ビーフ」と答え、「お前は牛か」と驚かれるのと同じような現象となる。

つまりですね、日本人は食堂へ行って、やたらに「親子」「親子」と言うが、親子という言葉と食べ物とは本来なじまない関係にあるのだ。

「きょうは昼に親子を食ってきたよ」

など、実はとんでもないことをしゃべっているのだ。

かつて、親子丼は、カツ丼、天丼と共に日本の三大丼と言われる大きな存在であった。

「エ？　三大丼って、カツ丼、天丼、うな丼のことじゃないの」

という人は、都合がわるいのであっちへ行っていて。

その三大丼の一つであった親子丼の凋落《ちょうらく》がここのところ激しい。

なぜか。

親子丼は、実は親子という名前をつけたために、親子関係という関係に縛られて身動きがとれなくなっているのだ。それが原因となって時代に取り残されようとしているのだ。

古めかしい親子という関係に縛られているために、夫婦別姓とか、核家族とか、ダブル・インカム・ノーキッズとか、セックスレスカップルとかの新しい時代の波に取り残されようとしているのだ。

その検証をする前に、親子丼の実態を解明しておくことにしよう。

親子丼には本尊がいない。これが親子丼の最大の悩みだ。本尊のいない寺は寂しい。本尊のいない寺は次第に寂れていく。

カツ丼にも天丼にも本尊がいる。

カツ丼などは丼のどまん中に、本尊が堂々と横たわっている。

カツ丼を食べ始めるとき、誰もが（これからのひとときを、このカツにすがって生きていこう）と思う。（このカツだけが頼りだ）と思う。この祈願を、カツはどっしりと、頼もしく受け入れてくれる。

カツにはそれだけの力があるのだ。

天丼も同様である。

エビ一本ではやや頼もしさに欠けるので、二本力を合わせて応えてくれる。

本尊がダブルで対応してくれるのだ。

親子丼には本尊がいない。いることはいるのだが、あちこちに分断されている。本尊にすがって生きていこうと思い、頼ろうとすると、

「本尊はオレじゃないよ」

と言われてしまう。

みんなで責任を回避するシステムになっているのだ。一体どこのどれを拝めばいいのか参拝者は途方《とほう》に暮れる。

その上、親子丼には正門がない。

天丼なら、エビのシッポが右に向いた手前が正門である。カツ丼ならば、カツの身がほっそりしたほうが左にあるときの手前が正門である。

「いや、ほっそりしたほうが右にくるほうが正門じゃないの」

という人は、都合がわるいのであっちへ行っていて。

親子丼は、親子関係にどのように縛られているのか。この検証に入ろう。

親子丼は「親子」と命名したために、親子以外を介入させることができない。鶏肉と卵以外のものを入れると親子ではなくなってしまう。

大阪には「他人丼」というのがあって、これは牛肉と卵だ。関東では豚肉と卵だったり、牛肉と卵を開化丼といったりするらしい。そういうややこしい人間関係を、丼の世界に持ちこんで一体どうする気だ。

ブロイラー化で鶏肉の魅力がなくなってきたいま、鶏肉だけに頼って生きていくことはできない。

鶏肉プラス牛肉プラス豚肉という新しい家族関係、新しい親子関係、新しい里親制度関係を考えるべき時期にきているのではないか。

時代は〝ニュー親子丼〟を待望しているのだ。

というわけでですね、作ってみました、牛と豚と鶏入りのニュー親子丼を。

そうしたらですね、これがなんともウマくなかった。

なんかこう、しみじみしないんですね。丼の中がなんか騒然としている。

やっぱり親子丼は親子水いらず、しみじみと食べるもののようですね。

じっとりと濡れた卵がうんと甘辛くて、その甘辛のツユがゴハンの深部三分一あたりまでしみこんでそこで止まっていて、ときどきしみじみして地味な味の鶏肉が口の中にころがりこんできて……というのが〝親子〟の味のようですね。

しょうじ　さだお　一九三七年東京都生まれ。漫画家、エッセイスト。六七年に漫画連載デビュー。『ブタの丸かじり』で講談社エッセイ賞受賞。食のエッセイを収録した「丸かじり」シリーズは『カレーライスの丸かじり』まで四七冊刊行された。二〇一一年に旭日小綬章受章。

未観光京都

角田光代

　国内をほとんど旅したことがないまま三十代になって、ようやく仕事でいろんな場所にいけるようになった。修学旅行をのぞいて、京都にも大阪にも、三十代になってからいった。しかし残念なことに、いつも仕事の旅だ。午前中に東京駅から新幹線に乗って、夕方から夜にかけて仕事。夜は仕事相手と食事をして一泊、次の日の午前中に帰る。だけ。帰る日に、ちょっとのんびりして夕方まで観光して、夜の早い時間に帰ればいいではないかと思うのだが、そんなこともままならないくらい忙しい最中《さ》《なか》の出張が多い。私の余裕キャパシティがとても狭いのだろう。

京都、大阪という有名な都市にいったことは数え切れないのに、仕事と関係なく食事をしたり散策をしたのは、かなしいかな、二、三度しかない。

はじめて京都の錦市場にいったのは三年前。仕事の旅に同行していた編集者さんが仕事と仕事の合間に案内してくれたのだ。ずらりと並ぶちいさな商店、売られているさまざまな食べもの、見たことのない野菜に私は心のたがが外れたようになり、あれもこれも食べたくてあれもこれも買いたくてあれもこれも触りたくて、結局何ひとつ食べず買わず触らずに、頭のなかを真っ白にして市場を出た。私ってなんなんだろう、とそのとき思った。馬鹿みたいに仕事ばっかりで、余裕もなくって、京都は何度もきているのに錦市場ははじめてで、何も考えられなくなるほど興奮する私って、いったいなんなんだろう。なんのために存在しているんだろう。

今思えば大げさだが、そのときは本当に、錦市場にきたこともないおのれの存在意義を疑ったのである。

このあいだ、またしても京都で仕事があった。朝が早いので、前泊することになった。京都の夜！　とよろこんだものの、どこの何がおいしいとか、どんな店があるのかとか、何も知らない。関西在住の友人に連絡をして夕食の約束を取りつけた。ホテルにチェックインして、友人の予約してくれた店に向かう。

車窓から通りを見ていて驚いた。なんて大勢の観光客！　大通りばかりではない、ちいさな路地も、明かりのない暗い道も、スマートフォンや自撮り棒やガイドブックを持った外国人だらけ。東京の比ではない。観光客を見ていて観光気分が盛り上がる。

友人の連れていってくれた店はフランス料理店なのだが、最後に特製卵サンドが出た。この卵のサンドイッチが震えるほどおいしい。ゆで卵をつぶしてマヨネーズで和《あ》えたサンドイッチではなく、ふわふわの卵焼きの挟まったサンドイッチだ。こういう食べものがあると聞いたことはあるけれど、食べるのははじめて。卵焼きサンドは京都の名物なのか、関西のスタンダードなのか、私はそんなことも知らない。

いつか、卵焼きサンドを求めて町から町を歩く、それだけの旅ができる日はくるかなあ……とあのすばらしい味を毎日思い出している。

続・卵焼きサンド

少し前に、ここで、京都でべらぼうにおいしい卵サンドを食べた話を書いた。ゆで卵をマヨネーズで和えた卵サンドではなく、ふわふわの卵焼きが挟んである卵サンドだ。

またしても仕事で京都にいくことになった。そして今回の仕事では、京都在住の方々とお話をする機会がある。私は絶対に、卵サンドアンケートをとろうと決意していた。

トークイベントの仕事を終えた後、参加してくれた二十名ほどの人たちとの懇親会のあいだじゅう、私はずっと卵サンドのことを言い出すきっかけを待っていた。いよいよ会も後半にさしかかったときに、思いきって「京都の卵サンドは」と発語した。「焼いているのがふつうですか」

その場にいた全員がうなずく。マヨネーズの卵サンドもふつうにあるらしいが、でも、卵焼きを挟んだもののほうが若干多い、とのこと。バターと辛子をぬったものがあったり、マヨネーズを薄くぬったものがあったり、この卵焼きの薄さ厚さもいろいろだったり、するらしい。いっせいにそれぞれ思い入れのある卵サンドについて語り出した人々が静まるのを待ち、質問第二弾。「それはどこで食べられるのか」。その場にいた全員が、「どこでも食べられる」という。

わかる。それがその地で暮らす人の感覚であろう。私だって、「立ち食い蕎麦はどこで食べられるのか」と訊《き》かれれば、「どこにだって立ち食い蕎麦屋はある」と答えるだろう。私の住む町には三軒の立ち食い蕎麦屋があるから、感覚として「どこにだってある」となる。

でもそれは正解ではない。なので「どこでもと言うが、では、なんの下調べもせずにふらりと喫茶店に、あるいはレストランに入ったら、ぜったいのぜったいに卵焼きを挟んだ卵サンドはあると保証できるのか」としつこく食い下がって訊いた。私の質問の真意をくみ取ってくれたらしいみなさんは、またしてもいっせいに「どこそこのなんという店の」と、思い入れのある店を教えてくれるのだが、その町がどこなのかちっともわからないし、その店にいける気がしない。どこで食べられるのか聞いたのは自分なのに、私は質問の矛先をかえた。「いわゆるおいしいと言われている店ではなくても、おおかたの卵サンドはおいしいのか」。この質問の答えは、イエスとノーの微妙に中間的なものだった。きっと、そこそこの味の卵サンドもあるのだろう。

どうしても卵サンドから離れようとしない私に、新幹線乗り場でおいしい卵サンドが買えますよ、と教えてくれた人がいた。○○というパン屋さんの卵サンドをぜひ買ってみてください。

翌日、もちろん私は一目散に新幹線乗り場にいった。てっきり駅弁売り場に、そのパン屋さんの卵サンドが卸してあるのだと思い、さがしてみると、卵焼きサンドはいろんな店舗にあるものの、○○がない。だんだん時間がなくなってくる。焦った私は、新幹線の改札口にいちばん近い駅弁店で卵サンドを買った。

電車に乗ってわくわくと食べてみた。……違う！　と思った。パッケージをひっくり返して、どこで製造されたものかよくよく調べてみると、東京で作られた卵サンドだった。馬鹿馬鹿馬鹿、私の馬鹿馬鹿馬鹿。心の内で泣き叫びながら私は黙々と東京の卵焼きサンドを食べた。

教えてもらった卵サンドは、駅弁屋さんではなく、パン屋さんの形態で出店していると、帰ってから知った。ガックシ。

卵サンド、その後のその後

このページをよく読んでくれる人ならば、京都の卵サンドへの私の熱い思いをご存じであろう。ご存じないかたのために、ざっと説明すると、「京都ではじめて卵焼きを挟んでいるサンドイッチを食べて驚愕、そのおいしさを追い求めるも、なかなか出合えず」と、二度にわたって私はここに書いてきた。

そしてまた、三度目を書きたいと思う。

またしても京都出張があった。仕事が決まった際に、私が真っ先に考えたのは食事の回数である。夕方京都入りして夕食、翌日朝食、午前中に仕事が終わって昼食、帰京。もし卵サンドを入れる機会があるとするなら、昼食だな……。

仕事チームのなかに、学生時代を京都で過ごしたという若者がいたので、私はさりげなく彼に近づき、「京都の卵サンドってマヨネーズのあれではなくて、卵焼きなんですってね」だとか「駅構内で売っているって言われて買ったら、おいしくなくて、製造地を見たら東京でね」だとか、語りかけた。あんまりさりげなくもなかったのだろう、翌日のお昼、「カクタさんが卵サンドが食べたいらしいです」と彼が仕事チーム全員に言ってくれた。それならば、とみなさん卵サンドの有名な喫茶店に向かってくれたのだが、開店と同時にすでに満席。私たちは計六人だから、ちいさな店には入れない。京都在住経験のある彼が、さほど混んでいない大型喫茶店に連れていってくれた。

あるある！　メニュウにある！　「あつあつたまごやきサンド」。どうやら二種類ある。「あつあつたまごやきサンド」と、「あつあつたまごやきホットサンド」。「こっちがふつうの卵サンドで、このホットサンドはパンも焼いてあるということですね」と彼が説明してくれる。写真を見ると、だんぜん焼いたパンがおいしそうなので、私は「あつあつたまごやき『ホット』サンド」といち早く言った。

注文をし終えると、仕事チームのなかの喫茶店好きの人が「京都のふつうの卵サンドはパンを焼いていないほうだよね」とだれにともなく言う。「そうですね」と京都在住経験の彼が同意している。「焼いたのだと、どこにでもあるただのホットサンドイッチというか」

ええっ！　出しそうになった大声を私はのみこみ、心のなかで叫んだ。早く言ってよ！　じゃあ私が頼んだのは「どこにでもあるただのホットサンドイッチ」じゃん‼

声には出さなかったのだが、顔に出ていたのだろう。全員の料理が運ばれてくると、京都のふつうの卵サンドを頼んだ数人が、「よければどうぞ」とひと切れを私にくれようとする。ひとつもらって食べてみた。ああ、これだこれ、私が食べたかった京都の卵サンドはこれ！　私の頼んだホットサンドは、たしかに、どこにでもあるホットサンドイッチで、しかも挟んであるのは卵焼きというよりオムレツで、私の求めていたものとまったく違う。私って本当に馬鹿じゃないのか？　あるいは京都の卵サンドと縁がなさ過ぎるのか？　と複雑な思いで帰京したのであった。

たどり着いたほんものの味！

京都で食べた卵サンドイッチの衝撃を、あたかも連載小説のように私はここに（不定期に）書き綴ってきた。まとめると、「京都で、マヨネーズで和えていない卵サンドを食べて衝撃を受け、京都にいくたびに卵サンドを食べようとして、失敗し続けている」のである。

私がこんなにもしつこくうるさく書いている「京都の卵サンド」とは、だし巻き卵的な卵焼きが入った、焼きサンドではないサンドイッチのことである。それについてくわしい人から、東京でもその卵サンドを出す店がある、とは聞いていた。そのいくつかの店のなかで、現実的にいちばん近いのが神楽坂のラカグだった。ラカグとは、新潮社の書庫をリノベーションしたセレクトショップだ。そのなかのカフェが、京都の有名な喫茶店の東京第一号店であるらしい。その喫茶店の名物、卵のサンドイッチが、だからここで食べられるのだという。

それを聞いてから私はずっと、神楽坂にいく用事をさがしていた。新潮社のある神楽坂には、実際よくいくのだが、しかし、いくときはたいてい夕方以降、食事の約束も含めた打ち合わせのことが多い。卵サンドを食べる余裕のないときばかり。

そして東京で食べられる京都の卵サンドのことなど、ほとんど忘れていたある日。ついに、チャンスは訪れたのである！

その日の待ち合わせがラカグのカフェだった。時間は夕方だが、私は用事があって、夕食なしで帰ることになっていた。編集者さんが「夕食を食べないのなら、ここの卵サンドを食べませんか。すごいおいしいんですよ」と言ってくれて、ああ！　そうだった、ここが例の卵サンドの！　とはっとしたのだが、じつはこのとき、私は歯科医院にいってきたばかりで、びりびりに麻酔が残っていた。水を飲むのにも、口の左半分を押さえていないと、だらだらこぼれそうなほど。この麻酔の残った状態では、卵サンドは無理だろう。私は泣く泣く編集者さんの申し出を辞退した。ところが彼女は、「でもまあ打ち合わせのあいだに麻酔も切れるかもしれないし、とりあえず注文しておきましょう」と、卵サンドを頼んでくれた。

やってきた卵サンドを見て、思わず私は歓声を上げた。ものすごく分厚い、しかもうっとりするくらいうつくしい卵焼きが、パンに挟まっているのである。麻酔のことなどすっかり忘れて私は歓声を上げたまま、自分の取り皿にひと切れ取っていた。そうせずにはいられないくらい、おいしそうなのだ。

そうして食べてみて、「ああ‼」と天を仰ぐ。これこれ、これです、私が夢見ていた、ずーっと食べたかった京都の卵サンド！ あたたかくてふわっふわのだし巻き卵、薄く塗ってあるケチャップ、バター、辛子。卵に負けないくらいふわふわのパン。なんておいしいのだろう。麻酔も切れるくらいのおいしさである。

衝撃のおいしさに、打ち合わせの内容などほとんど忘れたまま帰ってきたのだが、それでもちっともかまわないくらいの幸福感。大げさだなどと思わないでいただきたい。ここに至るまで、幾多の失敗を踏み越えてきたからこその、とくべつな幸福感なのである。しかし、ここで満足せず、今度こそこういう卵サンドを京都で食べよう、と思いを新たにした私は、欲深いのか？

かくた　みつよ　一九六七年神奈川県生まれ。小説家。『空中庭園』で婦人公論文芸賞、『対岸の彼女』で直木賞、『八日目の蟬』で中央公論文芸賞など受賞多数。近著に『タラント』『方舟を燃やす』などがある。『世界は終わりそうにない』『月夜の散歩』などエッセイ集も多数。

幸福の月見うどん

稲田俊輔

卵料理が好きです。そして僕が思う世界最高の卵料理、それは、「月見うどんの卵黄を破ってうどんをすする最初の一口」です。

ダシの熱でほどよく温まり、微かに粘度を増しつつも部分的に冷たさを残した卵黄、そのミルキーな香りと濃厚なコクをダシの旨みが下支えし滑らかなうどんにまとわりつく、一口の愉悦。すすり切る直前に初めて感じる、うどんの端に引っかかった無味に近い卵白の滑らかなテクスチャーと咀嚼《そしゃく》後からそれを引き締め始める葱の香味。コンマ数秒の間に濃密なドラマが展開し、卵という食材の魅力があらゆる角度から引き出される立体感は、まさに唯一無二のものです。

その昔、讃岐うどんが人口に膾炙《かいしゃ》し始めた頃、初めて「釜玉うどん」という料理を知りました。茹で立てのうどんを熱々のまますばやく生卵と絡める、讃岐うどんならではの食べ方です。「これはいいかも！」と僕は興奮しました。つまり、釜玉うどんであれば卵がダシに拡散することなく最初から最後まで「月見うどんの最初の一口」が楽しめるのではないか。そう思ったのです。しかしこれは完全なる勘違いでした。実際試してみた釜玉うどんは、確かにおいしい。こんなに単純なことなのに、「うどんそのもの」の新しい楽しみ方ではありました。しかし違う。何かが違う。

ということはもしかしたら「儚さ」もその魅力の重要な部分なのかもしれません。丼いっぱいの月見うどんであっても、その愉悦は一瞬。箸さばきを慎重かつ入念に行えば、もしかしたらその後一回か二回は最初のひとすすりに近い状態を構築できるかもしれませんが、やはり最初のひとすすりには確実に劣ります。何より、二回三回続けて楽しもうという邪念は、ややもすると初回うどんにくぐらせる卵黄の量を意識的にせよ無意識的にせよセーブしてしまう行動に繋がりかねず、それでは本末転倒です。

もし自分がお殿様ないし石油王であったなら、食膳に十杯くらいの月見うどんを並べて、その片っ端から「最初の一口」だけを楽しみたい、と妄想したこともあります。「余は満足じゃ。残ったうどんはそなたたちで食べるが良い」。そう言い残して悠然と席を立つのです。しかしそれはあまりにも人としてどうかと思いますし、何より下品極まります。それに、プライドや体面をかなぐり捨てて実際そういう蛮行に出たとしても、結局、二口目三口目とその刹那《せつな》的な幸福感は逓減《ていげん》していくだけなのではないか。そう思わざるをえず、この（そもそも極めて非現実的な）計画は頓挫しました。

全卵二個と卵黄八個を卵黄が固まらないよう六〇℃程度の低温調理にかけ、それをやや濃度を高めたダシのかけうどんの上に百目鬼《どうめき》のごとく配置する、という分子調理学的なアプローチを妄想したこともありました。これならまだ殿様や石油王になるよりははるかに現実的なソリューションです。しかしこれも結局、たった一回きりの尊い儚さを放棄するという意味では同じことです。そして「百目鬼のごとき月見うどん」は、あまりにも美しさと情緒に欠けています。

しかしそうやって一周回って気づいたのですが、最初の一口を堪能した後の月見うどんがつまらないものであるかと言うと、全くもってそんなことはないのです。残された卵黄はあっという間に全体に拡散し、最初透明だったダシは白濁します。ダシ全量を二〇〇～三〇〇CCとすると、卵黄の成分比率はせいぜい五%程度ですが、味わいははっきりと変化します。ブラックコーヒーにほんの少しの生クリームを落としただけで、味わい、特にまろやかさが劇的に変化するのと同じです。さらに、生の状態では決してそれ自体がおいしいとは言えない卵白も、時間経過によりいつのまにか白くふわふわの鰯雲のような別の魅力的な食べ物に変化しています。

情熱的な最初の一口を尊い思い出として反芻《はんすう》しながら、その後の穏やかな長い時間を安らかな気持ちで過ごしていく。それは喩えるなら、熱情の時期を経て後、永く連れ添うカップルのような営みなのかもしれません。月見うどんにおける殿様的なアプローチや分子調理学的なアプローチが必ずしも幸福をもたらすとも限らない、というのはもしかしたらそういうことなのかもしれないですね。

いなだ しゅんすけ　鹿児島県生まれ。料理人、飲食店プロデューサー、南インド料理専門店「エリックサウス」総料理長。著書に『人気飲食チェーンの本当のスゴさがわかる本』『食いしん坊のお悩み相談』『おいしいものでできている』などがある。

卵料理さまざま

阿川弘之

鎌倉書房の季刊誌「四季の味」が、「玉子焼き十人十色」という、見るからにおいしそうな特集をしたことがある。筆者は男二人女八人、それぞれ御自分が得意の卵料理を、写真入りで披露していた。これを見せて、

「どれが一番食べたい。君なら何を作ってみせる」

相手構わず質問すると、それこそ「十人十色」の答が返って来る。

「ふうん。そうかね」

「そうかねって、じゃあアガワさんは？」

私は、最初「四季の味」のその頁《ページ》を開いた時から、室生朝子《むろうあさこ》「金沢式の

玉子焼」に一番魅力を感じていた。

エッセイ本文と編集部の「つけたし」を併せ読むと、京風のだし巻とちがってだしは加えず、酒だけ少量入れて、やや嚙《か》み応《ごた》えを感じる程度に焼き上げてある。それでも、カラー写真を見れば、中心部にしっとりとした柔らかみが残っているようだ。女流作家室生朝子女史は、毎年々末、新春号の原稿執筆より、これを焼く仕事の方が忙しいらしい。全部で四十本ほど巻き上げて、親しい人たちに届けるのだという。暮近くなると、友達から用も無い電話が掛って来る。今年も又ねの、「言葉に現わさない玉子焼の催促」と分るので、作る方は内心嬉《うれ》しいのだと――。

あらためて書くにもあたらないが、朝子さんは室生犀星《さいせい》の長女、名作「杏《あんず》っ子」のモデル、晩年癌《がん》で再入院し、日に日に食欲を失って行く犀星先生が、形ある食べ物として最後に口にしたのも、杏っ子作るところの玉子焼だったそうだ。その作り方を、朝子さんは金沢生れの母上から伝授された。やはり金沢は、京大阪と並ぶ我が国伝統食文化の中心地の一つ、一度食べてみたい、よっぽど旨《うま》いらしい、そう思うけれど、私は室生家へ年末無用の電話を掛けて無駄話が出来るほど昵懇《じっこん》な間柄でないので、朝子さんお手製の金沢式玉子焼のほんとうの味は知るすべが無い。催促しているのではありませんよ。知らないまま終るのも亦《また》よしと考えている。「恋の至極は忍ぶ恋と見立て候。逢《あ》いてからは恋のたけが低し」という「葉隠《はがくれ》」の言葉を藉《か》りるなら、味の至極も、物によっては「一生忍んで」（少し大袈裟《おおげさ》だが）、長く想像上の余韻を残して置く方が味覚のたけが高いかも知れない。

それより、十人十色の卵料理、自分なら何を作るか。「四季の味」のあの欄へ十一人目の筆者として登場させられたら、室生朝子さん始め他の人の品々と較べて、味、見た眼の美しさ、それほど遜色《そんしょく》無い何が自己流に拵《こしら》えられるか、考えた末行き着くのは結局木樨肉《ムーシュイロー》である。「自己流」と言ってもむろん、本家の中華民国に古くから伝わる家庭料理だが、大学生の頃味を覚え、戦後家庭を持って以来うちで作ることになり、段々我流に変化してしまった。それを、今もよく晩の献立の中へ加える。作り方簡単だし、若き日の思い出がからんでいて、なつかしいまろやかな味がする。出来上りは、名前の通り、皿の上へ金もくせいの花を散らしたように、炒《いた》め卵のぽろぽろがたっぷり散らばっていればそれでよろしい。

中野駅の南口を出て、線路沿いの坂を上り、ごちゃごちゃした狭い道、少し左の方へたどって行くと、薄汚い暖簾《のれん》をかかげた小さな中華料理店「萬華《ばんか》楼《ろう》」があった。昭和十二年の夏、支那《シナ》事変が起るまで、中野高円寺のあたりには、中華民国からの留学生がたくさん住んでいた。その人たちの口と財布に合う一膳飯屋《いちぜんめしや》、つまり味を日本人向けに崩していない、安くて旨い簡易中華食堂があちこちにあり、やがてお客さん激減で店をしめてしまうのだが、「萬華楼」はそれの、僅《わず》かに残った一軒だったろうと思う。住まいが荻窪《おぎくぼ》の私は、本郷への往《ゆ》き帰り、中央線沿線の友人連中と誘い合せて、三日にあげず此《こ》の店へ通った。すぐ近くに、法学部蠟山《ろうやま》政道教授（正確には元教授）の邸《やしき》があった。其処《そこ》の長女雅子さんが後年嶋中《しまなか》家へ嫁いで中央公論社の社長夫人となり、その社が敗戦後十四年目、「世界の家庭料理」シリーズを出版して、私と、雅子夫人の同窓後輩にあたるうちの女房に木樨肉の正式な作り方を教えてくれると、そんな将来の因果関係なぞ当時知るわけが無いけれど、私どもは、河合《かわい》栄治郎事件に抗議辞職した蠟山教授にシンパシーを抱いていて、先生の名前政道のもじりで此処《ここ》の通りを蠟山街道と称した。

午後の講義を控えて早昼を食べに行くと、その蠟山街道を通って「萬華楼」へ入って来る、或《あるい》はすでに入って坐《すわ》っている日本人の常連が私たちの他に一人いた。背広姿に中折帽、身なりはきちんとしているが、未《ま》だ独身らしい。殆《ほとん》ど毎回出会うのに、年恰好《としかっこう》我々より七つ八つ上のその白面の青年は、こちらへ視線を向けることを一切しなかった。出された物を独り黙々と食いながら、持参の新聞を拡《ひろ》げて、隅々までただ熱心に読んでいる様子であった。註文する料理も「十七番」一つと決っていた。

蠟山教授が東大を辞めたのが昭和十四年、私どもの「萬華楼」通いはその翌年翌々年の話で、戦争の気配が近づいており、食糧事情は追い追い悪化し、此の店へ来たら、壁に貼《は》り出してある菜単《ツァイタン》の中から、限られた数の、時には「出来ません」と断られる料理を、誰もが番号で註文するしきたりになっていた。

十七番しか取らないから、「十七番さん」と私どもの間で綽名《あだな》をつけた素姓不明の此の青年紳士が、のちに「余録」の執筆者として名高くなる毎日新聞論説委員の古谷綱正《ふるやつなまさ》氏、古谷さん若き日お好みだった十七番がすなわち木樨肉である。ただし、「萬華楼」の菜単には確か木須肉と書いてあって、我々「ムースーロウ」と発音していた。十七番木須肉は、私にとってもすこぶる気に入りの、いつ出なくなるか心配な一と品だったこと、言うまでも無い。

五十八年後のこんにち、思い出の中のその木須肉と、手元にある中央公論社版「世界の家庭料理」シリーズ中華料理篇の木樨肉とを較べてみると、前者は具が少く、如何《いか》にも卵料理然としていたのに対し、後者は入れる具が大変多い。「卵3個、豚肉120g」は当然だが、他に葱《ねぎ》、生姜《しょうが》、椎茸《しいたけ》、筍《たけのこ》、きくらげ、ほうれん草を炒め込めと書いてある。なるほど、豊かな時代が来て、これが本当の木樨肉かと、初めはお手本通りに作っていたけれど、そのうち我が家では段々、具を少くするようになった。先《ま》ず菠薐草《ほうれんそう》を除外し、次に椎茸筍を入れるのをやめ、葱の量、肉の量も減らした。中野の十七番へ逆戻りする感じだが、必ずしも懐旧の情からではない。その方が卵の味と色が引き立って、前述通り、もくせいの花を散らばしたような、美しく好もしい仕上りになる。ただ、きくらげだけは外せない。人の耳のぷるぷるに似ているので、中国語で木耳《ムーアル》という此の、ぬるま湯もどしをした乾燥茸《きのこ》は、木樨肉によく合って、何が何でも入っていなくては困る私の好物なのである。

さて、具体的作り方だが、支那鍋《なべ》の中の油がほどほどに熱くなったところへ、といた卵を流し入れて、さッと掻《か》きまぜ、手早く別の容器に取り出して置く。味つけは塩少量のみ。そのあとすぐ、もう一つの支那鍋で熱した油の中へ、大蒜《にんにく》、生姜、葱、豚肉、木耳の順に抛《ほう》り込んで、酒と醬油《しょうゆ》と塩胡椒《こしょう》で味をととのえると、それ自体一つの惣菜《そうざい》として使えそうな豚肉の葱炒めが出来上る。これに、先の掻きまぜ卵の未だあつあつを合せて再度炒め上げたのが、長年の間に変化した当家流木樨肉、難しいのは二度の油炒めで卵のきれいな色を薄黒くよごして了《しま》わないこと、じくじくの部分を少しでも多く残して置くことの二つであろう。

大体、固くなり過ぎた卵料理は不味《まず》い。オムレツでも目玉焼でも、日本風の煎《い》り玉子でも同じだと思うのに、アメリカへ行くと明々白々な此の事実が無視される。ホノルルのカハラ・ヒルトンは、代替りする前、全米有数の佳《よ》いホテルで、私も何度か泊ったことがあるけれど、朝食のオムレツにだけ閉口した。いくら念入りに註文をつけてみても、中までしっかり焼けた、どてッと分厚い、干物みたいなプレイン・オムレツしか出してくれないのだ。

その上近頃、加熱不充分の鶏卵《けいらん》はサルモネラ菌に汚染されている、中毒患者が急増していると警告が出て、こうなるとアメリカは徹底した衛生第一主義で、茹《ゆ》で卵の柔いのすら食べられなくなった。昔、対英米五・五・三の軍縮問題が国論を二分していた頃、早朝私邸へ談話取りにあらわれる新聞記者に、ストップウオッチを出して見せ、「今スリー・ミニッツの茹で卵を作っているところだから失敬する」と追い払った海軍の将官があったそうだが、アドミラル仰《おお》せの通り、旨いのは三分、四分、せいぜい五分まで、「ハードボイルド」が洒落《しゃ》れた流行語として通用するのは推理小説の世界だけである。その点、何処《どこ》へ行っても生卵、半熟卵、中のじっとり柔いオムレツ、今尚《なお》自由に食べられる日本の国を、有難いと思わねばなるまい。今年に入って、朝日読売その他各紙、サルモネラ菌汚染の件を報じ始めたから、いつアメリカ並みの規制が始まるか分らないけれど——。

フランス人はどうしているのだろう。中毒患者の発生率と、オムレツや茹で卵の旨い不味いとを秤《はかり》にかけたら、思案の末、彼らは結局危険承知で、伝統の味の方を取るのではなかろうか。思い出すのは石井好子《よしこ》さん著「巴里《パリ》の空の下オムレツのにおいは流れる」、宿のマダムが「夕食にしましょうか。今夜はオムレツよ」、好子さんに声を掛けて、台所で、熱したフライパンに驚くほどの量のバターを入れる。よくとかした卵が流しこまれて、やがてふんわりと形を成して来る。「そとがわは、こげ目のつかない程度に焼けていて、中はやわらかくまだ湯気のたっているオムレツ」、オムレツって何ておいしいものだろうと、好子さんがしみじみ思う。

もっとも、彼女がパリの劇場で歌っていた昭和二十九年当時は、洋の東西を問わず卵その物が旨かったのである。何年かのち、

「此の頃の卵は不味くなったねえ」

私が言ったら、

「卵に旨い不味いがあるかい」

近藤啓太郎が驚いたような顔をしたが、察するに、千葉県鴨川《かもがわ》の住人近藤は、みみずや地虫や貝殻の破片を啄《ついば》んで育った地鶏《じどり》の卵ばかり食べていて、養鶏場《ようけいじょう》で大量生産される卵の味を知らなかったのだと思う。「吉兆《きっちょう》」主人の湯木貞一《ゆきていいち》老が、晩年、

「この頃はなんでも、ものがおいしくなくなってきましたが、なかでも玉子はとくに、おいしくないようですね」

と嘆いている。料理にしても、黄色味が薄くて、おいしそうな玉子色にならない、仕方がないからうちでは、「巻き焼き」を作る時、五つ卵を使うなら、黄身は五つ、白身は二つ減らして、黄白五対三の割で作っている、と。

それやこれや考えると、十人十色の玉子焼も、当家の木樨肉も、どんな卵をどう使うかが、調理法より先の問題になりそうな気がする。その意味で、「十人」のうち一番はっきりしていて羨《うらやま》しく感じたのは、「いわゆる脱サラ農家」の主婦中村あをいさんの記事であった。山羊や兎《うさぎ》や鵞鳥《がちょう》を飼い、山

羊の乳でチーズも作り、自家製チーズの卵巻きを読者に紹介しているのだが、「今日ここに使った卵は、自由に庭を走り回っている合鴨やチャボが、床下や山羊舎の藁《わら》の上に産み落としたもの。わが家の卵は放っておくと皆ヒヨコになってしまいます」のだそうだ。

ちなみに、「四季の味」が「玉子焼十人十色」の特集をしたのは今から十年前、昭和の時代の終った年の春四月、それの出たのとほぼ時を同じゅうして古谷綱正さんが亡《な》くなる。同じ年の秋、古谷家と親しく、戦前の「萬華楼」を御存じだった谷川徹三《てつぞう》先生が九十四歳で亡くなる。卵料理の物語にも諸行無常の響あり、五年後の平成六年には、鎌倉書房が倒産する。「四季の味」も自然廃刊になったが、幸い、引き受けてくれる版元があって此の雑誌だけは復活し、前と同じく春夏秋冬年四回、前と同じ体裁で刊行がつづいているのを、味の伝承の上でせめてものことと思いたい。

あがわ　ひろゆき　一九二〇年広島市生まれ。小説家。東京帝国大学文学部国文科を繰り上げ卒業し、海軍予備学生として海軍に入る。終戦後、志賀直哉に師事。『春の城』で読売文学賞受賞。主な著書に『雲の墓標』『舷燈』『暗い波濤』のほか、『山本五十六』『米内光政』『井上成美』の海軍提督三部作がある。九九年文化勲章受章。二〇一五年没。

鏡タマゴのクレープ

玉村豊男

フランス、ブルターニュ地方を旅行してきた。ちょうど星形をしたフランスの左腕にあたる、大西洋に突き出した半島である。

ブルターニュの名物は、カキ、カニ、エビなど新鮮な魚介類。そして、クレープ。クレープはもともと、小麦よりソバがよく育つこの土地で日常の食事（とくに精進の食事）として親しまれたものだった。

クレープの正しい食べかたは次の通り。

まず、ソバ粉（を水と塩で溶いた）のクレープを一枚、バターをつけて食べる。

次に同じくソバ粉のクレープを、ソーセージをのせて、あるいはタマゴをのせて、もう一枚。

最後にこんどは小麦粉のクレープ（牛乳にタマゴを入れて溶く）を一枚、砂糖やジャムをのせてデザートがわりに食べる。

これでフルコース、というわけだが、小麦粉が貴重で贅沢であった時代がしのばれる食べかたといえるだろう。

パリにもクレープ屋はあるが、さすがに本場ブルターニュで食べるのはひと味違う。とくに薄くパリパリに焼いたソバ粉のクレープの上にポンとタマゴを割って落とし、上からパラパラとグリュイエール・チーズを振りかけた一品！　熱い鉄板の上でそこまでの作業を終え、丸いクレープを四方から折り返して皿の上に四角く盛る。テーブルに運ばれてきたときにはすでにチーズが溶けて、ナイフで切るとタマゴの黄身が広がって……まだ柔らかい黄身と、よく焼けた白身と、パリッとしたソバ粉のクレープの歯ざわりが、なんともいえない味わいだ。

クレープの上からタマゴを落とす場合は白身だけを素早く潰して広げるの

だが、別の鉄板で目玉に焼いたのをあとからクレープの上にのせるのを好む人もいる。いずれにしても黄身は丸く盛り上がって、これを地元の人は、「鏡タマゴ（ウフ・オ・ミロワール）」と呼んでいる。周囲のクレープからの湿気で、オーブンに入れたときと同様、黄身の表面に光を反射する薄い膜ができるからそういうのだそうだ。

復活祭の前の四十日間、敬虔なキリスト教徒は肉断ちの精進をおこなうのが伝統だった。クレープは、その四旬節の食べものとしてもよく知られている。

タマゴは、復活のシンボルである。

あたかも死んだような硬い殻が突然割れて、そこから新しい生命が誕生してくる。だから復活祭（イースター）には色とりどりにペイントしたタマゴを飾るなどの習慣が欧米にはあるわけだが、ブルターニュ半島の人々も、鏡タマゴのクレープを食べながら、ういういしいヒナが誕生するように再び希望に満ちた春が復活してくるのを、心待ちにしていたに違いない。

神父さんのオムレツ

フランス料理史上最大の食通と目されるアンテルム・ブリア゠サヴァランの名著『味覚の生理学』（一八二五年刊・邦訳名『美味礼讃』）に描かれた〝もっともおいしそうな料理〟のひとつに、神父さんのオムレツ、というのがある。
「それは丸くふっくらしていて、ちょうどよいかげんにこんがりと焼けていた。まずさじでそっと押すと、その腹から見るからにうまそうなにおいのよい汁がとろりと流れ出て……」（関根秀雄・戸部松実訳より）
これは肉断ちの精進日に、美食家の神父さんが料理番につくらせたマグロのオムレツ。原著ではマグロとコイの白子を刻んで混ぜる、となっているが、コイの白子はちょっと手に入りにくいので、私はときどきマグロだけでこの一品の真似ものをつくって楽しむことがある。
スーパーで安売りしている赤身のマグロを買ってきて、すりこぎのようなものでで軽く叩いて繊維を潰してから細かく刻み、塩、胡椒、チャイブ（またはアサツキ）とパセリのみじん切りを和えてオリーブ油で少々マリネしておく。それをたっぷりのバター（本当にたっぷりの！）でサッと炒め、バターが溶けてマグロの色が変わったらすぐに溶きタマゴに混ぜて、オムレツに焼くのである。強めの火で手早く、表面に美しい焦げ色がついて中身がまだトロリとした状態ができあがり。

こうすると、刺身で食べたのではあまりおいしくなさそうなマグロが、一級の美味に変身するから不思議である。

「この料理は凝った朝食とか、自分が何をしているか十分承知で、ゆっくりと味わって食べる数奇者の集まりなどのために特に調進すべきもので、上等の古いぶどう酒を添えて出せばそれこそ申しぶんない」

とブリア＝サヴァランは書いているが、私はこの一品に簡単なサラダとおいしいパンと適当なワイン（赤でも白でも）を添えたメニューを、朝食としてはちょっと凝り過ぎだから、軽い夕食、ないしは夜食として、出色のものだと考えている。

タイの焼きタマゴ

何度も行って、たいがいのことは知っているつもりなのに、行くたびに意外な新しい発見がある。それが旅の面白さでもあるわけだが、このあいだタイへ旅行して、焼きタマゴというのを見つけた。

バンコクの、屋台である。

タイに限らず東南アジアの国々では、昼となく夜となく町のいたるところに食べものの屋台が出ていて、ありとあらゆるものを商《あきな》っている。私はそういうところを歩いてあれこれツマミ食いをするのが大好きで、どんなものがあるかはだいたい見当がついているのだが、小さな七輪に炭火をおこして、その上でタマゴを焙り焼きしているのにはこれまで気づいたことがなかった。

殻のついた、丸ごとのタマゴである。三つほどを、竹串で貫いて焼いている。茹でてから焼くのかと聞いたら、そうではない、という。ナマのタマゴを直接焼くのだそうだ。

タイでは、タマゴをさまざまに調理する。茹でたり炒めたりするのはもちろん、目玉焼きにするときだって、鍋に張ったたっぷりの油の中に割った中身をポチャンと落としてそのまま揚げてしまったりもする。縁がカリカリの茶色になり、黄身もかたまるくらいまでしっかり揚げたタマゴをごはんにのせ、干し海老の揚げたのや青ネギの刻んだのや香菜などを振りかけてナンプラ（魚醤）と唐辛子で味つけ食べると、これは滅法うまいものだ。

目玉焼き、というが、英語に訳せばフライド・エッグ。ならば少量の油で炒めるより、ディープ・フライにするのが本式というべきかもしれない。

そのほか、固茹でにしたタマゴの殻を剥いてから油で揚げる、というのもあって、これは表面がチクワのような焼き色と歯ごたえになってなかなか面白い。

タイから帰って、私は早速実験にとりかかった。

海外旅行で食べた料理を、その味を舌が忘れないうちに自分で再現する、というのは私のいつもの習慣である。まあ、今回は料理というほどのものでもないのだが……。

ガスの火の上に、モチ焼き網をのせ、上に、生タマゴを置く。

弱火から中火くらいにして、ときどきタマゴを転がしてやる。

タイの屋台の焼きタマゴは殻の表面に焼き色がついていたが……なかなかそこまでいかない。中がどうなっているかわからないし、どの程度まで焼けばいいのか、考えあぐねながらしばらく両腕を組んで眺めていたら、突然、

「バシッ」

と音がして火の上のタマゴが爆裂した。

ほぼまんなかあたりに瞬時にして亀裂が走り、半分は私のからだをかすめるようにして飛んでいった。

そうだったのか！

このときに、私ははじめて気がついた。

屋台で串刺しにして焼いていたのは、焼き鳥の真似をしたわけではない。はじめ中身がある程度かたまるまで慎重に焼いて、それから竹串をブスリと

刺して殻の一部に穴をあける。そうすれば内部の膨張した水分（蒸気）がそこから抜けて、あとはいくら焦げ色がつくまで焼いても安全、というやりかただったのだ。

私は二十年以上ほぼ毎日料理をしているが、ナマのタマゴを直接火にかけて焼こうとは考えたことがなかった。世の中には教えられることが多いものである。

直火焼きのタマゴは、殻がちょっと剝きにくいが、中はホクホクとして香ばしく、茹でタマゴとはまた違った味わいがある。

たまむら　とよお　一九四五年東京都生まれ。エッセイスト、画家、ワイナリーオーナー。旅と都市、食文化、ライフスタイル論など幅広い分野の執筆を行う。『料理の四面体』『新　田園の快楽』『玉村豊男のフランス式一汁三菜』『玉村豊男のコラム日記 2022〜2023』など著書多数。

残り物の白身を使ってフリアンを

甘糟幸子

私が風邪をこじらせたのがきっかけで、娘が、朝ご飯をひとりですませて学校へでかけるようになったのは、高校へ入った冬のことでした。

三、四〇分遅れて起きていくと、娘のつけた暖房のおかげで、台所はすっかり暖まっていて、風邪ひきの身には、それだけのことがずいぶんうれしかったものです。

流し台の隅に重ねてある茶碗は、たいてい卵の黄身で汚れていました。炊飯器のスイッチを入れ、身支度している間にご飯が炊き上がる。炊きたての湯気の上がるご飯に生卵をかけて、大急ぎで食べていったのでしょう。テーブルの上の小さな片口に、卵白だけが残っているのは、この子が黄身に、少しお醤油をたらして使うのが好きだったからです。

私は、残りの卵白に食塩を加えて、油で炒めておきます。チャーハンでも作る時に利用しよう、と思いながら、何かちょっと気になって仕方がありません。私たちは、食卓に出されたものは、好き嫌いせず黙って食べなさい、と育てられた世代です。だから、今ではかえって、おいしいものをおいしく食べる工夫は、尊重したいのです。娘が「黄身だけのほうが、別の味みたいにおいしい」と発見したのなら、そのことは認めたい、と思うのですが、おいしい部分を食べたその残りのことは、どう思っているのでしょう。

「まさか残りは捨てればいい、なんて考えてはいないでしょ」とある時聞いてみると、こういうのです。

「でも、極端ないい方をすれば、一杯のご飯に一個使うところを、黄身だけにするんだから、残りは捨ててもともとじゃない」

経済性から見ればそのとおりです。黄身だけにしたからといって、一銭も多くお金を使うわけではありません。食べ物があふれ、健康のためには、食べることより、食べないことに気を使うような時代ですから、カロリーを減らした分だけ喜ぶべきかもしれません。

でも、何か間違っている。お金が余分にかかるわけではない、と卵の白身を捨ててしまうのは、出来の悪い人間なら去勢し、役に立たない人間なら消してしまってもいい、というような、恐れを知らぬ切り捨てと同じではないかと思えてしまうのです。

そこで、私は卵白を見事に利用して見せてあげよう、と思いました。

久しぶりに料理の本を開いて知ったのですが、卵黄は冷凍すれば組織が変ってもとに戻らないけれど、卵白は冷凍後も前と同じように使えます。ケーキをよく作る友人によれば、少し腰が弱くなるそうですが、ともかく使えるのです。そこで、私も、卵白が残るたびにひとつ、ふたつと重ねて冷凍していきました。使う時になって、何個入れたのかわからなくなったことがありましたが、卵白一個は三〇グラム強ですから、重さを計れば解決でした。

友人が卵白を材料に使うものに、しるしをつけて貸してくれたケーキの本を見ていたら、大好きなフリアンの写真があって、フィナンシェと名前がついていました。フリアンは、六本木の『パンドラ』で売り出して人気のでたお菓子で、薄くて、四角いマドレーヌみたいに見えます。

フィナンシェの材料をみると、卵白四つに、粉末アーモンド、粉砂糖、砂糖、薄力粉の四種類を各五〇グラム、バター一二五グラム。

これが六センチ角タルトレット型十五個分の材料です。材料を眺めていると、卵白ですから軽く、バターがたっぷりでしっとりとしていて、アーモンドの風味のきいたフリアンの味が舌に感じられてきます。

作り方は簡単で、アーモンド、粉砂糖、砂糖、粉を合わせてふるったところへ、泡立てた卵白と湯煎にしたバターを加えて軽くまぜ合わせ、冷蔵庫で三〇分ほどねかせてから、しぼり出し袋に入れて、タルトレット型にしぼり込み、一八〇度のオーブンで焼くのです。

四角い型は持っていませんから、あちこち探して、東急ハンズで買いました。この四角いタイプは、『パンドラ』が九年前に開店する時、シェフの猪保修三さんが、「フランスから五十個輸入したのが日本でははじめて」だったそうです。最近ではなかなかの人気で、扱っている店でも、品切れのことが多いとか。

ともかく一度作ってみよう、と気楽に試してみたら、かなり上等のフリアンが出来上がりました。フリアンとフィナンシェは同じもののようですが、フィナンシェと名づけられたものには長方形が多いようです。フィナンシェとはお金持ちの意味で、そこから長方形のこのお菓子が、金の延べ棒に見立てられているそうです。

ちょっと物足りないのは、型の内側に入るところだけ焼き色がついて、表面が焼き足りないパンケーキみたいに生っぽいことでした。二度目から、温度をもっと強め、鉄板を上段に上げたら、これもどうやら解決でした。『パンドラ』では「温度二五〇度、バターは上澄みだけ使って、合わせた種はひと晩ねかせる」のだそうです。真ん中がぷーとふくらんでいるのは、その高温のためでしょうか。

ケーキを焼くことについては、尊敬している友人は、「微妙な味わいは、まず正確な分量から」と教えてくれるのですが、なにごとも大ざっぱに、自分流にやってしまう私のことです。フリアンも、糖分をもっとおさえて、もっと、も少し、とやっているうちに、お砂糖は半量に落としてしまいました。糖分過剰の心配もなく、焼きたてのフリアンが食べられるのですから、うれしくなって、私はよくこのケーキを作るようになりました。卵白のストックはすぐになくなり、新しい卵を割って、今度は卵黄だけ冷蔵庫にしまいます。冷凍できない卵黄が冷蔵庫にたまっていくのを、いつの間にか、わずらわしいことのように眺めている自分に気づき、すると、娘の残した片口の中の卵白を見て、「ゼイタクな子供！」と心のどこかで、とがめだてしていたことが思い出されます。

私たちの慣慨の対象って、案外、自分の習慣や常識とちょっと違うだけ、っていうことが多いのかもしれません。

あまかす　さちこ　一九三四年静岡県生まれ。エッセイスト、作家。早稲田大学在学中より雑誌のフリーライターとして活動。食べられる野草についてまとめた『野草の料理』を始め、『野草の食卓』『花と草木の歳時記』などを刊行する。二〇二三年に『料理発見』が新装復刊された。

温泉玉子の冒険

嵐山光三郎

近所に住んでおられるY先生から温泉玉子をいただいた。加賀山代《やましろ》温泉あらやの「ゆせんたまご」である。「芒硝泉《ぼうしょうせん》のお湯のなかに一晩つけますと、白身はやわらかく黄身がほどよく堅くなります」と説明書に記してある。

さっそく、小鉢《こばち》に玉子を割って入れ、薄口醬油とかつおぶしのだし汁をかけて食べてみた。温泉の芳《かお》りがほのかにたちのぼって湯上りの気分になった。ねっとりとした黄身が舌の上に広がっていくのは、温泉の湯がじわりと膚にしみていく快感と似ていて、骨まで笑みがこぼれてくる。温泉玉子は、温泉を食べる料理なのだ。

一つ食べ終ると生来の好奇心がわいてくるのはいつものことで、これを別の味で食べたくなった。しょうが醬油で食べることを思いついて、すぐに試してみる。冷蔵庫にワサビが一本あったので、ワサビ醬油も試してみる。大根おろしもやりたくなって、醬油をかけるついでにおジャコをふりかけてみた。いずれも、それぞれの主張がある。ガス台の鍋に冷えた味噌汁があったので、これも試して、またたくまに五つ食べてしまった。冷えた味噌汁をかけたのは、さすがにうまくなく、湯泉玉子に「ゴメン」とあやまった。

昼寝をしているとき、「キムチがいい」と思いついた。昼寝をしているときはそれなりに昼の夢を見ているのだが、その夢と関係なく、いきなり「温泉玉子にキムチ」というひらめきがおこる。夢のストーリーの回路と現実の諸問題の回路が、つまりは小説とエッセイの回路が二つ作動しているのであろうか。妙なものだが、起きあがってから温泉玉子を割りキムチを加えて食べた。これは、キック力のある味であった。

たちまちカレールー、タイのトムヤムクンスープをかけることを思いついたが、すでに六コも食べているから、それはあきらめて一コをカラのままぬか漬けの鉢へ漬けた。

温泉玉子にいろいろの味をつけたくなるのは、玉子が純白でムクだから、こちらは生娘《きむすめ》を一人前の芸者に仕立てるような欲が出てくる。それに玉子は、いくつもいくつも食べたくなる魔力がある。

ぼくが小学生のころは玉子はゼイタク品であった。杉並のおばの家へ行くと、玉子かけ御飯を二杯、三杯と食べさせてくれるから、ぼくは杉並のおばがニワトリの化身ではないかとながめたものであった。

玉子は一つの生命体である。

純白の生命が丸ごとコロンところがっている。食べれば食べるほど精力がつく。

桃太郎の話で、川に桃が流れてきたというのは、じつは玉子である。玉子だから、なかから赤ん坊が生まれてきたのである。妄想をたくましくすると、あの桃は赤児をはらんだ玉子なのであるから、妊娠した女性がおなかだけ出して流れてきたはずである。妊婦《にんぷ》の腹は桃の形に似ている。桃太郎の話は、死んだ妊婦から産まれた子の復讐譚《ふくしゅうたん》ではないか、とぼくは思っている。

そう考えると桃の味は一段とうまくなる。人間は、人間以外のいっさいのものを食っていいと自分たちで決めた動物なのである。玉子を食べるときも、「こいつが鳥のモトだな」と考えつつ食べる。

ぼくが初めて温泉玉子を食べたのは、大学を卒業してから五年目くらいに、神楽坂《かぐらざか》の小料理屋であった。椀のなかにとろりと崩れている玉子は、妖艶な芸妓《げいぎ》が帯をゆるめて昼寝をしている風情《ふぜい》で、濃い黄身をうっすらと包む白身に箸がふるえてしまった。

ゆで玉子は結婚した主婦である。生身の軀《からだ》を結婚生活という湯で煮ただけである。白身も固く黄身も固い。半熟玉子は同棲中の女性である。白身も黄身も柔らかいだけだ。それに対し温泉玉子はしたたかな芸妓である。白身は柔かくて黄身はしぶとい。

ひとくちに温泉玉子といっても二種類あって、一つは長時間煮熟させた「煮抜《にぬき》玉子」、もう一つは熱湯に入れて五、六分後に取り出すもので、これは箱根大涌谷《おおわくだに》の地獄噴水でやっている。

温泉玉子をカラごとぬか漬けにしたのは、中国の塩玉子の応用だ。玉子のカラにはきわめて微細な気孔《きこう》があり、その気孔を通じて中身がぬか漬けとなる。中国には塩玉子、皮蛋《ピータン》、薫玉子がある。塩玉子はゆで玉子を塩づけにしたもので、中国旅行をした人は、毎朝、おかゆの具として食べさせられた記憶があるだろう。皮蛋はアヒルの玉子を泥でくるんだ泥漬けであり、これは中国料理店の前菜に出る。薫玉子は近ごろは駅の売店でも売るようになった。

駅のホームで売られているゆで玉子は、固い哀愁とつかのまのいとおしさがつきまとう。学生のころ別れた女に、別れぎわにホームで売っていたゆで玉子を一つ貰《もら》った記憶がある。齧《かじ》ると黄身が暗緑色になっているゆで玉子だった。その暗緑色の黄身に塩をふりかけて食べた。ジャリッとした味のなかに青春の夕暮れがあった。

いま、駅で売られているゆで玉子は、塩味がついている。塩を入れた湯で煮るから、塩の味がしみこむ。ゆで玉子は、ほんの少々の塩をふりかけるのがドラマツルギーなのだから、さら湯でゆでて、三角形塩紙と一緒に網袋へ入れなければならない。

ヨークチーズというものもあり、これは玉子の黄身を脱水してチーズ風にしたもので、京都でやる黄身の味噌《みそ》漬《づ》けに似ている。飯茶碗に味噌を入れて、人差し指でほじくって穴をあける。そこへ玉子の黄身だけをおとしてから、黄身の上の部分を味噌でふさいで一日漬けこむ。そうすると、味噌味がしみこんだ黄金の黄身ができる。ぼくの場合は、生すじこの味噌漬けを作り、その味噌で作る。玉子の黄身にすじこと味噌味が重層的にしみてこれは酒の肴《さかな》によい。

三年前、ぼくはダチョウのゆで玉子をエチオピアの高原で食べた。ダチョウの玉子はラグビーボールよりやや小さめである。手に持つとずしんと重い。土地の人に「大蛇の玉子だ」とおどかされたが、かまわず一時間ほど煮て食べた。じつにまずい。

ダチョウの玉子はカラが固い。かなづちで力まかせにたたいてもはねかえされてしまう。古釘を一箇所に打ちこんでから割った。ついでに玉子焼きも食べた。玉子のカラの一部に穴をあけて中身をゆすって出した。液状かつおだしのビンを持っていたから、和風味の玉子焼きとなった。そのときのカラは、いまなお、戦利品《せんりひん》として持っている。

多摩動物公園を歩くと、やぶの中にいろいろな鳥の玉子が落ちている。うまそうなのがあったから一つ持ち帰ろうとしたら一緒に行った人に「それは孔雀《くじゃく》の玉子だから毒です」と教えられた。帰宅して『本朝食鑑』禽部之四を見たら「俗説の孔雀を毒とするのは訛《あやま》りなり。しかし我国では孔雀肉および玉子を食べた者はないから気味は不明」とあった。こうなるとどうしても食べたくなる。

うわさで聞いた話だからさだかではないが、動物園の職員は、動物園にいる動物を食うことがある、という。玉子はもとより、事故で死んだ動物を、葬《ほうむ》る前にちょっと食べてみるというのは、研究者の特権であろう。ぼくが動物園職員だったら、まっさきに食ってみるだろう。とくに鳥の玉子が食べたい。孔雀の玉子、鷹《たか》の玉子、鶴《つる》の玉子、ミミズクの玉子、ことごとく温泉玉子で食ってみたい。ワニの玉子も食べてみたい。ワニ肉はシャブシャブにするとうまい、と米人野球選手が言っていたからワニの玉子で茶碗むしを作ろうと思う。十七年前、テヘランへ行ったときはちょうど新年を迎えて、人々は黄色や赤色に着色したゆで玉子を交換していた。これは、アメリカやヨーロッパで行われるイースターの原型である。ユダヤ教では、彼らのエジプト脱出を記念して、年を越すと玉子を食べる。玉子は生命の源泉であり、霊魂の容器なのである。キリスト教では、それが復活のシンボルとなり、キリスト復活祭イースターに食べるようになった。アメリカでは、復活祭のあと、ホワイトハウスの芝生の坂で玉子ころがし競技が行われる。割れずに坂の下まで早く着いた玉子が勝ちである。この場合、玉子のカラは固くなければだめで、いま、日本のスーパーで大量に売られている玉子だとすぐ割れてしまう。スーパーで買って、自転車にビニール袋をぶらさげて家に着く前に割れてしまう。

近所のスーパーカネセンに玉子を買いに行くと、十個入りが七十円であった。今年は玉子の作りすぎとは言え、一個七円とは、玉子に気の毒である。大安売りの七十円のをやめて、一個五十円の光マークのついた玉子を買ってきた。ついでにタッパーウェア三箱とカレー粉、味噌、醬油、けずり節を買った。わが家では、ぼくが調理するものは、原料を自分で買わないと叱られる。ここにおいてぼくが作ろうとしているのは、

①生玉子のカレー粉漬け
②生玉子の味噌漬け
③生玉子の醬油漬け

の三点である。カレー粉にトムヤムクンブイヨン（タイのコンソメ）をまぜて焼酎《しょうちゅう》でねりあわせたなかへ生玉子を二つ漬け込んだ。醬油漬けは、醬油一リットルにけずり節一パックを加えたなかへ生玉子を二つ。味噌漬けの味噌は白味噌にした。このようにして漬け込んだタッパーウェア三つをヒモで縛り、床下の格納庫《かくのうこ》へしまった。

しめしめ、と思って格納庫の底を整理すると、去年漬けたらっきょうがこはく色になって寝静まっていた。胸をわくわくさせながららっきょうのビンを取り出し、そこへタッパーウェアを置いた。一カ月もたてば、カレー味、味噌味、醬油味の地下温泉玉子が食べられるはずである。

こういうものは、漬け込んでしまうとそれで気がすんでしまう。投書すると気がすんでしまう投書者の心理と似ている。ぼくの家には、こうしてぼくが作ったまま放ったらかしのものがそこらじゅうにある。自転車置場の上には三面川《みおもてがわ》鮭が半身でつるされたままで、これはついに近所の野良猫の親分に盗られてしまった。納戸のミガキニシンにはカビが生え、縁側《えんがわ》の上の干し芋はひからび、その横の干しガキはかさかさとなり、書庫のウドンは虫が食い、冷蔵庫には、二年前に作った牛舌塩づけ、三年前の牛肉つくだ煮、自家製キムチ、カツオブシの刺身、根曲り竹のビン詰め、シイタケ茶漬け、焼き豚の類が奥のほうへ押し込まれたままだ。週に一度、掃除をしにやってくるおばさんはため息をつくばかりだ。このおばさんは、ぼくが見ていないときは、威勢よく何でも捨てるいさぎよさがあるから、こちらも用心深く注意しなければいけない。と、ここで気がついて、タッパーウェアの上にボール紙でフタをして〈貴重品〉と記しておくことにした。

ランランラーンと鼻歌くちずさみつつ、檀タマを思い出して作り始める。檀タマは、檀一雄氏が『火宅の人』で新潮社のカンヅメになって、神楽坂のホテルにいたとき作っていた料理である。まずキャベツを大量にきざんで小型フライパンでいためる。キャベツがしなしなになったところへ、カニ缶のカニを一缶ぶん乗せて、その上にとき玉子三個ぶんをかけてから、とろけるチーズをばらばらっとかける。フライパンにふたをして五分もたてば出来あがり。檀さんは、こういった乱暴な料理が得意だった。

ぼくは、目玉焼き、オムレツ、玉子焼きはかなりうまくこなすから、自己流のをずいぶん作って周囲に迷惑をかけている。玉子焼きを上手に作るコツは唯一つ、厚手の赤銅製の玉子焼器を使えばいい。これは築地市場場外の金物屋で売っている。オムレツのコツは強火で一気に作ること。これには年季が必要だ。あと、かつおだしと醤油を必ず入れるのもコツである。ミツカンポン酢を入れてもうまい。マヨネーズを少量加えるのもうまい。

エエ? と言うようなものを入れるのが素人庖丁の極意である。マヨネーズというのは、玉子が入っており、かなり曲者《くせもの》の術師である。お好み焼きにマヨネーズと広島製おたふくソースをかけることを発見した関西人は栄光ある食の殉教者である。ぼくはおたふくソースに愛着があり、トンカツにもハンバーグにもおたふくソースを使っている。

生きゅうりを切って食べるときは、味噌にマヨネーズをあえてつける。味噌だけだと塩味が強すぎる。夏場には、味噌、マヨネーズに韓国のコチュジャン、カツオだし、太白ゴマ油、ミツカンポン酢、ヤマサ醤油、白ゴマなど家にあるものをありったけあえてソースをつくり、たたききゅうり（キューリを丸ごとビールビンでたたく）にかける。いずれにせよマヨネーズが基本である。さらにはカツオのたたきを、マヨネーズと醤油をあえたので食べる。妙なものだが、食べてみるとこれがうまい。醤油とマヨネーズの相性がいいのは玉子の黄身の力である。

野菜スティックをマヨネーズだけで食べるときは、マヨネーズに少量のシーチキン・ツナを加える。すり鉢であわせてもいいが、ミンチ器あるいはミキサーであわせるほうが舌になめらかである。ツナは少量にすること。マヨネーズに、ほんのほんのちょっとツナの味が加わると、アレ？　っという味の奥ゆきがでる。

以前はマヨネーズは自分で作ったものであった。卵黄と油と酢に塩と調味料をくわえてかきまぜていくと、あらや不思議、マヨネーズ状のものが出来たが、食べてみると舌がゆるい。すりきれたパンツのゴムのようなだらしない風味で、弾力に欠ける。夏の午後のけだるい味で気力がなえていく。メーカーが安価でマヨネーズを作っているのだから、買ってきたほうが早い。ただしチューブ状のものより、ビン詰めのほうがはるかにマヨネーズの呪術力が強い。余談だが、自宅でテンプラをあげているときにフライパンに入れた油に引火して燃えあがり火事となることがある。そんなとき、チューブ入りマヨネーズをまるごと油のなかへ放りこむと火は消える。なぜかチューブ入りマヨネーズが一番効果がある。

玉子は、胡粉《ごふん》をぬったようにざらりとしたカラのものがいい。農家の黒土の上に、朝露をつけたまま純白でころがっている玉子がいい。いい玉子は、手にとって太陽に透かしてみると内部がほのかな金色に輝いている。古い玉子は、カラはつるりとして、透かしても半透明で暗い。

Y先生にいただいた温泉玉子は、翌朝二つ残っていた。それを薄口醬油だし汁で食べてみたら、やっぱり、これが一番うまいことがわかった。昔の人もいろいろ試したあげく、薄口醬油だし汁がいいことに気がついたのであろうなあ、と、ぼくは芸妓昼寝味をすすりながら考えた。

あらしやま　こうざぶろう　一九四二年静岡県生まれ。編集者、作家、エッセイスト。『素人庖丁記』で講談社エッセイ賞受賞。『文人悪食』『文人暴食』『文士の料理店』など食にまつわる著書多数。

たまごを数式で表した偉人たち

小林真作

こんにちは！　たまごのソムリエ・こばやしです。

「たまご形」は数式で表すことができます。２つの有名な「数式」がありまして、考案しているのは、どちらもスゴイ人。

一人は、17世紀フランスの哲学者で数学者、デカルトさん。「我思う、ゆえに我あり」という、めちゃくちゃ重要な哲学の命題を考えた方で、数学では「解析幾何学」の創始者です。

たまご形の数式は、こんなカンジです。

$$[(1-m^2)(x^2+y^2)+2m^2cx+a^2-m^2c^2]^2=4a^2(x^2+y^2)$$

グラフだと、こうなります。

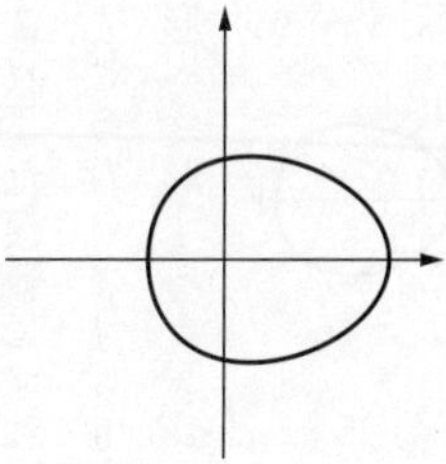

うーん、ちょうど黄身の部分くらいが原点Oにくるカタチですね。

もう一人は、同じく17世紀フランスの天文学者カッシーニさん。

土星の4つの衛星を発見し、木星の大赤斑（目玉みたいなデッカイ模様）を発見するなど様々な功績を上げられた方です。彼の名前を冠したＮＡＳＡの土星探査機「カッシーニ」がついにその役目を終了ということで、少し前に大きなニュースとなっていました。

カッシーニさんは、「惑星はたまご形の軌道を回っている！」と考え、その「たまご形」軌道を数式で表したんですね。

数式はこんなカンジです。

$$(x^2+y^2)^2-2b^2(x^2-y^2)-(a^4-b^4)=0$$

うーん、これまた複雑ですねェ。

グラフだとこうなります。aとbに入る数字によって、8の字を描く軌道からたまご形へ変形するカンジですね。

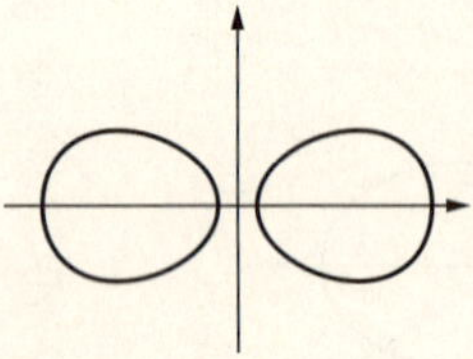

デカルトさんは哲学者ですが、人文学なんかは全く興味を示さなかったそうで、数学の研究によって得られた明快な論理を哲学体系でも重視したからと言われています。またカッシーニさんも、人知の及ばない天文という分野にゆるぎない論理を見た結果、後半生ではあいまいな「占星術」を大批判しています。

そんな論理的な考えを持つ2人の偉人の頭脳から、「卵」を表す数式が生まれたのはとても興味深いです。

たまご形は自然界になぜ必要？

そもそも自然界の「たまご形」はタテからもヨコからも衝撃に強い形状なのですが、最大の目的は、転がってもまた元の場所に戻ってくるカタチであるということ。

巣が高い所にあって、仮に転がっても戻ってくる、割れにくい形状なんです。自然界でちゃんと意味のある、理想の形状なんですね。（ちなみにヘビ

やワニなど低いところで暮らす動物の卵は丸に近い楕円形です）

そのカタチに魅了される学者さんも実は多くいらっしゃいまして、他にもいろんな「たまご形の数式」が研究・発表されています。

いろいろある！「たまご形」の研究

また、「たまご形」だから起こる物理現象に注目している研究も多く、たとえば「卵は高速回転させると重心が上方にシフトし、空中に浮き上がる」というビックリするような工学研究や、「ミルクなどの粘性液体のなかで卵を回転させると、卵殻に沿って液体がせり上がってくる」など流体力学の観点から卵のカタチに着目した面白い研究などもあります。

美味しい！　健康に良い！……だけじゃなくって、その「カタチ」そのものにも自然の摂理の神秘、まだまだ面白い秘密が隠されている！

そう考えると実にロマンがありますね〜。

ここまでお読みくださって、ありがとうございます。

こばやし　しんさく　一九七五年徳島県生まれ。小林ゴールドエッグ代表取締役。毎日たまごのことばかり考えていたら、いつの間にか「たまごのソムリエ」といわれるように。小林ゴールドエッグ公式ホームページで「ソムリエ日記」を連載中。

冷凍食品の話

西村　淳

人間は一年間にどれくらいの食料を摂取するのか？

南極観測隊の統計によれば、酒やジュース類の飲料も含め、大体重さにして一トン弱ぐらいとなっている。したがって調達量も、これに準じておおざっぱではあるが決められていく。種類が決まったところで重さを概算してみると、

昭和基地………約三〇トン
ドーム基地……約一一トン

となった。昭和基地では、物資の積み卸し作業も、ヘリコプターですみやかに搬送されるが、わがドーム基地まではすべて雪上車で引っ張っていかなければならない。それも一〇〇〇km……。

気温は内陸に入るに連れてぐんぐん下がり、すべてのものの凍結が予想される。今回の調達ではこの低温が大きな課題となった。しかも、すべての食料をコンパクトかつ軽量化してパックしなければならない。普通の人間の感性でいくと、いくら超高級のステーキが目の前にあっても、それに付随するサラダがなかったら食が進まないものだし、トロや平目などの高級魚を使った刺身でも、大葉や、つま、けんなどの緑がなかったら、なんとなく格好がつかない一品になってしまう。

今回の調達作業で最初の関門は「野菜」だった。書店に行って「無限に続く冷凍庫の中を旅して大文夫な冷凍野菜」という本を探したが、ない……あるわけがない!!　しかたないからホームフリージングの本をめくってみても、「シチューやカレーはパックに入れて小出ししやすいようにしましょう。冷凍したら便利なものはダイコンおろし。なお、肉ジャガやおでんはこんにゃく類が凍ると……」なんてことしか書いていない。
おでんも食いたい、肉ジャガも食いたいのに、キュウリは？　ダイコンは？　芋は？　考えてみると、ドームで越冬するのは日本国民一億数千万のうちわずか九名なのだから、そんな人を対象にした本を出版しても採算が取れるわけがない。

だが執念で探した結果、見つけた！　さすがハイテク立国　JAPAN!!　冷凍ジャガイモをまず見つけた。メーカーは本場北海道「ホクレン」だった。それもダイスカット・冷凍メークイン・ベイクドポテト・クォーターカット等さまざまな種類が出ている。これは迷わずゲットした。次に探したのが長ネギ、これもありました。小口切りにしたものまである（メーカー不詳）。タマネギも生のスライスやカレー・シチュー・ソース用の色づくまで炒《いた》めてパックしたものを発見した（商品名：オニオンアッセ）。

その他に用意した冷凍野菜は、ニンニクの芽・アスパラ・白菜・芽キャベツ・コーン・絹さや・インゲン・ホウレンソウ・春菊。オクラ・にら・カボチャ・タケノコ・菜の花・レンコン・ピーマン・長ネギ（姿）・ニンジンなど大体揃った。

どうしても見つからなかったのが、ダイコンとキュウリ。ここで必殺の伝家の宝刀、南極食料調達のプロ「東京港船舶食糧品（株）（以下、東京港船食）」に泣きついた。ここの千葉さん、稲田さんとは三〇次以来のおつきあいで、社長でもある千葉さんは、ベンツを乗りこなし、海外留学も経験した青年実業家である。

千葉さんとの初対面はドラマチックだった。初めて極地研で会ったとき、こっちはジャージにサングル姿。一方、千葉社長はブランド物（名前は知らない）のスーツをびしっと着こなし、ベンツでさっそうと登場。てきぱきと話を進め、風のように去っていったが、まもなく戻ってきた。

「すいません……車、レッカーで持って行かれてしまって……」

生き馬の目を抜く東京では、たとえベンツでも持って行かれてしまうのかと、今さらながら大都会のおそろしさに身をすくませた。

東京港船食は、本来外航船に食料を積むのがメインの仕事だが、船も南極も似たようなものだと、私の勝手な解釈からおつきあいが始まり、現在の南極観測隊では大手の業者さんの一つになっている。

「どうしてもキュウリとダイコン持っていきたいんだけど、なんとかならないべか……」と私の標準語・北海道弁を駆使してお願いすると、快く引き受けてくださり、何回かの試作を経て無事完成した。

商標登録でもしておけば大儲《おおもう》けできたかもと後で思ったが、よく考えると（考えなくてもそうであるが）私の職業は国民の奉仕者、副業禁止の「国家公務員」。いつか役所を放逐されたとき、わが愛する家族が路頭に迷わぬよう、今回培《つちか》った冷凍野菜のノウハウは深く胸の中に仕舞いこむことにした。


野菜の次に課題となったのが卵だった。卵も殻付きのまま冷凍庫に入れておくと、白身の部分は何とか原型に復してくれるが、黄身は、なんとなくゴムあるいはスポンジのようになってしまう。ドームへの旅は、大半が荒れた雪面で動揺も激しいことが予想され、生卵は最初から持っていく気はなかった。

「宗谷」が南極へ行っていた遥かな昔、卵は「粉末卵」と称するものを持っていった。これは旧海軍でも使用されていたが、水で溶くと、卵焼きの原型の液体状になり、味は「あー卵だよね……」くらいの代物《しろもの》。口の肥えた現代人にはとても実用にならないものだとか……。だいいち作っているメーカーがわからない。しからばどうするか。……あるのです、冷凍卵という素晴らしい製品が!!

メーカーはかのマヨネーズで有名なキユーピー株式会社。実は三〇次隊のときも冷凍卵は存在した。パック入り牛乳のように攪拌《かくはん》した卵の液体が、一パックに数にして二〇〜三〇個分ほど入っている。そのまま卵焼きやオムレツなどに使うには全く問題なし。しかし、親子丼《どん》やカツ丼、卵綴《と》じのように、半熟状態を保つ卵料理ではなぜか固まらず、炒《い》り卵を投入したようにころころのだまっこになってしまう。

丼《どんぶり》というのは基本的に男が好きな料理だが、いくら鉄の胃袋を持った越冬隊員といえども、トロリとカツをおおっているはずの卵の代わりにスクランブルエッグが乗っていたのでは興ざめてしらけること、はなはだしい。

この「卵の特性を保ったまま冷凍状態になっている」製品の確保が、次の課題となった。まずは情報の宝庫、カタログ拝見から始めた。冷凍卵の項を見て、先進国日本の日進月歩の技術の成果が、この目に飛び込んできた。列挙すると、

凍結全卵↓従来通りの冷凍卵
濃縮茶碗《ちゃわん》蒸しの素↓とき卵にだし汁をプラスしたもの
エクターNo.2↓忘れた
エグロンホール↓無塩卵黄
凍結卵↓読んで字のごとし
アングレーズソース↓液体カスタードソース
加塩凍結卵黄↓味のついた液体卵黄汁
チルドロングエッグ↓棒状ゆで卵
錦糸卵《きんしたまご》↓水に戻すとあっという間に錦糸卵

まさにいろいろな種類の冷凍卵製品が発売されていた。

さらに目を通していくと、なんと「凍結全卵丼用」が目に飛び込んできた。これは卵をパックしてそのまま下にグシャッと落とした状態、と言えば大体の形ができ上がる。

全部攪拌しないで卵の凝固作用をそのままにして冷凍した製品は、まるで「私のために作ってくれたのか」と叫びたくなるタイムリーなものだった。これで満足すれば、卵の調達は大成功、である。だが、根が北海道弁でいうところの「ほいと根性」＆「欲たかり」丸出しの私は、この世で愛する食べ物の中で二番目に好きな料理「おでん」をどうしてもマイナス八〇℃の大地で食してみたいと思っていたので、これで満足することなく次は「ゆで卵」を探し始めた。

ちなみに愛する食べ物ナンバーワンは「ざんぎ」だが、このネーミングが北海道以外の隊員にはどうも気になってしかたなかったようだ。これは北海道に帰って愛妻の「お帰りなさい　JUNちゃん料理」で食おうと心に誓っていたので、とうとう越冬中は食膳《しょくぜん》にあげなかった。「鶏《とり》のさー、唐揚げのうまい奴《やつ》だって……」とお茶を濁していたが、今考えるとちょっとかわいそうなことをしちゃったかなぁなんておおいに反省している。まあ北海道に来た折には山ほど食べさせてあげますのでご勘弁をネ！

話を戻して……。いくら探しても、冷凍ゆで卵というのは見つからなかった。その代わりというか「鶏卵水煮の缶詰」を見つけた。「うずら卵水煮缶詰」のおっかさんくらいのサイズだと思えば間違いない。これも迷わず、うずら共々二ケース（四八缶）ゲットしたが、大失敗‼

ドーム基地に着いて、「さて使いましょう」と缶を開けたところ、氷に囲まれている灰色に変色した塊が視界に入ってきた。解凍すれば大丈夫、と、戻したが皮はゴム状に変化し、ぶよぶよのガチガチ……。ピンポン玉か海亀《うみがめ》の卵でも持ってきたかと錯覚するほど変質していた。確かホームフリージングの本には「ゆで卵は多く作ってフリーザーで冷凍保存して置きましょう」と書いてあったはずなのに。作者に向かって「ほら吹きのくそばばあ、ぶっ殺す‼」とわめいても、まだ会ったことのないその人は、はるか一万五〇〇〇kmの彼方《かなた》に離れてしまっている。涙を呑《の》んで、越冬中はゆで卵なしの「おでん」で我慢することにした。

卵の調達も無事選定が終わり、おはぎ・柏餅《かしわもち》・桜餅・鯛《たい》焼き・冷凍ケーキなどのお菓子も片づき、後は魚だけとおおよその目処《めど》がついてきたある日、隊員室で暇つぶしに前次隊の越冬報告書をめくっていた福田ドクターからこんな質問が来た。

「昭和基地では越冬後半になるとLL牛乳でも下にクリームみたいなものが沈殿して飲めなくなるって書いてあるけど、ドームではどうなるのかしら？　私牛乳を飲まないと元気出ないのだけど……」

今まで、常温保存可能なLL牛乳を持っていき、飲めなくなれば全脂粉乳でも飲めばいいや、くらいに軽く考えていた私は一瞬言葉に詰まった。

ちなみに福田ドクターとは、年も近いせいか越冬中の愚痴友達で、ストレスが溜《た》まると、人の陰口をたたいて慰め合う仲に発展していくことになる。活字に書くとおねえ言葉で喋《しゃべ》っているようだが、顔を一目みればオカマでないことは一目瞭然《りょうぜん》‼　鹿児島県人特有の太い眉《まゆ》に大きな目、えらの張ったでかい顔に図太い声で話す、顔面人殺しというか鬼瓦権三《おにがわらごんぞう》というか、とにかく迫力満点の顔立ちだった。

この人との最初の会話は、あの死ぬほど苦しかった乗鞍の冬訓練のとき、疲れをいやすべく入浴していた湯船の中が最初だった。やっちゃんが見れば「ガンをとばしたな!」と因縁をつけたくなってしまうような眼でギョロリと目をむき湯船の中に浸《つ》かっている様は、まさに映画『大魔神怒る』で湖を割って出現する大魔神そのもの‼ 初対面のこれから越冬するかもしれない奴に対しての第一声が、「いやー、私ねー、癌《がん》かもしれないんですよ」

(……無言……困惑……無視しよう……)

これが福田ドクターとの最初の会話だった。

ちなみにこの大魔神おじさん、ドーム基地で癌になって骨で帰国するどころか、マイナス七〇℃でジョギングはするわ、ドラム缶転がしをマイナス七五℃でするわ、元気なこと元気なこと……。おまけに「走れ!南極大氷原」ではないけれど、帰るときに何とクロスカントリースキーで雪上車の前を快調にすっとばした。一瞬轢《ひ》いてやろうと思ったけれど、雪上車が壊れたら困るのでしぶしぶ取り止《や》めた。

で、牛乳の話を再び。確かに冷蔵庫でＬＬ牛乳を保管しても、八カ月ほど経つとドロドロのクリームみたいなものがパックの底に沈殿して、飲めたものではなかった。三〇次隊の頃は牛乳を毎日飲まなくても死ぬ人はいなかったのであまり大きな問題にもならなかったが、「いっそ冷凍してやろか」との考えが浮かび上がってきた。

小学校時代をマイナス三〇℃まで気温が下がる、日本でも有数の低温地帯・名寄《なよろ》市で過ごした経験で、凍った牛乳はおなじみだった。宅配されてくる一合瓶は寒さで紙のキャップが持ち上がり、石炭ストーブの横か、電気冷蔵庫に入れて解凍して飲んでいたことを思い出した。クリームが上の方にわずかに付着していたが、別に問題もなく飲んでいたので、これでいってみようと決めかけたが、なにせ行くところは超低温地帯、ドームふじ。もし、仮に分離状態が戻らず、飲料不可なんてことになったら、例の大魔神ドクター、怒りのあまり、体を巨大化させ国家財産のドーム基地を破壊しかねない。そんな博打《ばくち》はとてもおそろしくて打てず、そっと某メジャー乳業メーカーお客様相談室に電話した。

「あのーちょっと聞きますけど、ＬＬ牛乳って冷凍しても大丈夫なんでしょうか？」

返ってきた答えは、

「ＬＬ牛乳は常温で保存し、長持ちすることを前提に販売している商品ですので冷凍保存となると前例がございません」

「はい！　わかりました」と返事をしたくなるほどの当たり前の答えが返ってきた。「すべて凍ってしまうところに大量に持っていくんですけれど……」。この時点でこれはいたずらと判断されたのか、応対してくれている女性の声が硬化した。

「お客様、製品の保存法等はパックの横に書いてあるので、その通りに使用してください」

ガチャン!!　切られた。

もう一つの大メーカーに、今度は南極観測隊と名乗って電話した。こちらは「後日返事を差し上げます」といくらかは丁寧な対応をしてくれたが、その後日はついに訪れなかった。南極観測隊と自称してすぐに信じてくれるのは、「紅白歌合戦」の電報だけのようだ。しかしここで引き下がってはと、あちこち電話をかけまくり、そのうち大日本冷凍牛乳研究所なんてところに突き当たり、見事解決法を見いだした。と書きたいところだが実際は、電話してもけんもほろろに扱われ、結構精神的に引いてしまった。「この問題は先送り!!」と生来の「いやなことは避けて通る性格」が台頭。午後いっぱいは頭の隅っこに引っかかっていたが、夜になって居酒屋で冷たいビールを一口飲んだ途端、きれいさっぱり忘れてしまった。

これは削除！　と書いたかのように頭の中から姿を消し、思い出したのはなんと数ヵ月後、物資搭載作業をしている最中の「しらせ」艦内だった。日本通運の積み込み責任者の人から「牛乳冷凍ってなっているけれど本当にしちゃっていいんですかー？」と聞かれ「えー!!　あー、そうだった！」。

全部で一〇〇〇トンの物資の中のほんの数百kgである。口ごもっているうちに五〇ケース、三〇〇リットルの牛乳はあっという間に「しらせ　冷凍庫」に消えていった。結果は？　ビンゴだったのです。一〇カ月たって大豆粒ほどのクリームがちょっとできたものの、解凍すると見事にフレッシュミルクに戻ってくれた。同時期に搭載した昭和基地の同じものは、ドロドロの分離した気持ち悪いものが沈殿していて、とても飲めたものではなかった。
「ヘー、西村さんって冷凍品にかけては日本のオーソリティーなんだネー」と福田ドクターも尊敬の（？）眼差《まなざ》しを送ってくれたということで、ジャンジャン！

にしむら　じゅん　一九五二年北海道生まれ。作家、料理人。海上保安官として南極観測隊に参加。海上保安学校で教官兼主任主計士として後進の指導に当たる傍ら、著書『面白南極料理人』を刊行。退職後は、執筆、講演、イベントや商品のプロデュースなどを行う。

たまごシールとわたし

ひらいめぐみ

長年家族以外のひとに隠していたことがあります。実はわたし、二十四年間たまご（の上についている）シールを集めています。小さい頃は「これを言ったらみんなこぞって集めてしまうんじゃない?!」と危機感を抱いて内緒にしていました。しかし、大人になってから信頼するごく一部のひとに話してみると、「あれ、意外とみんな集めないんじゃない……?」となり、思い切って記録を公開することにしました。この話をするとときどき気持ち悪がられますが、最後までお付き合いいただけるとうれしいです。

たまごシールとの出会い

遡ること二十四年前。当時小学二年生だったわたしは、女の子たちの間で流行っているシール交換がだいすきでした。その頃放送を楽しみにしていたテレビ番組は「なんでも鑑定団」。ゼロがいっぱいついた金額に喜ぶお宝の持ち主を見ていると、なんだか自分までうれしい気持ちになって、ロマンがあるなあと思って観ていました。そんなある日、冷蔵庫を開けると「お宝の原石」があることに気づきます。「これシールだ！　しかも日付入ってる……！」きっとこのシールは友だちの誰も集めていない。しかも日付が入っているから、いつかプレミアがつくんじゃない？！　そうしてたまごシールを集める長い旅がはじまりました。

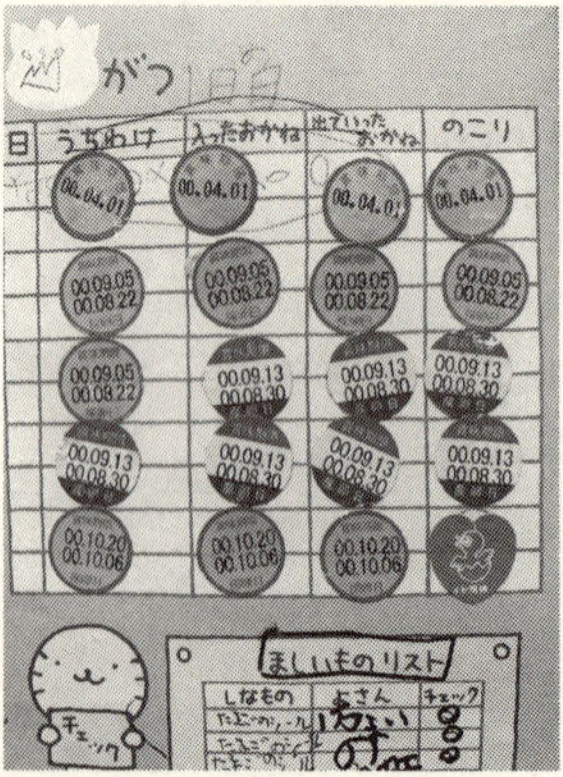

写真1

いろんなたまごシール

「わたしも（おれも）集めてるよ！」

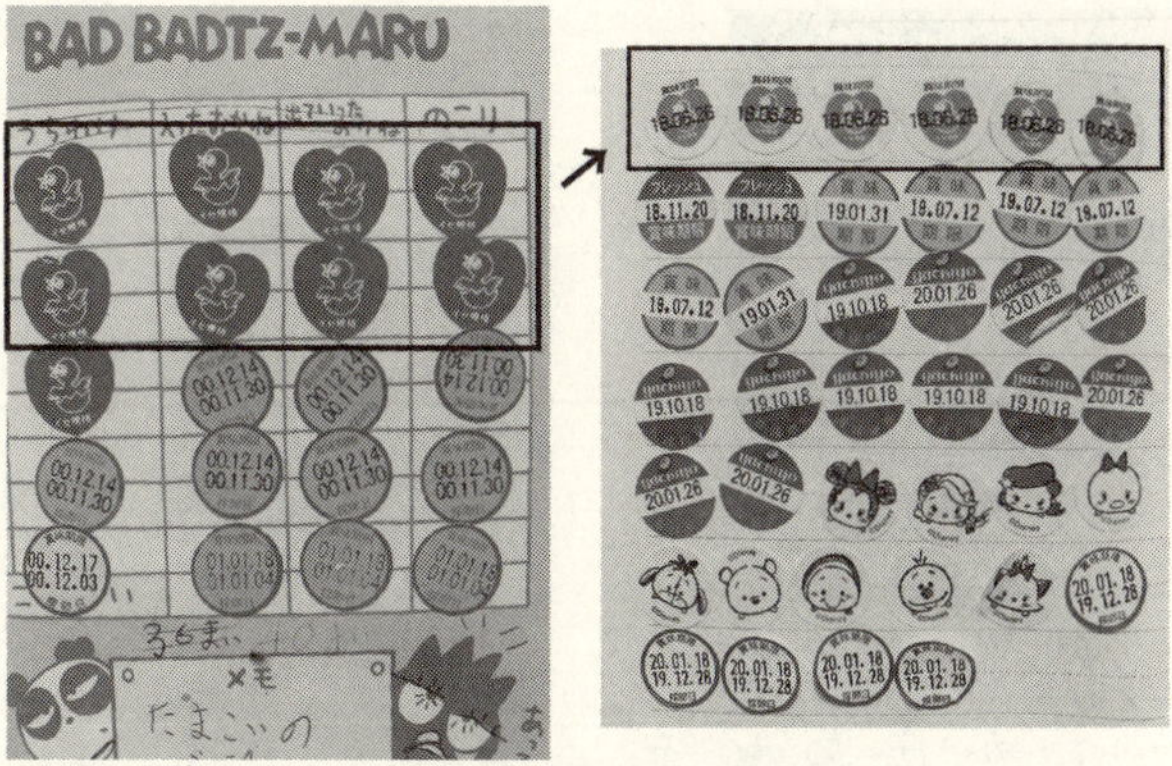

写真２

というひとにまだ出会ったことがないのですが、たまごシールの奥深さをぜひ多くの方々に知っていただきたい。こちら（写真１）は二〇〇〇年のシール。数字の並びがかっこいいので、二〇二〇年はもっとちゃんと集めたいです。

１．イセ食品のハート型シール

いちばんかわいかったイセ食品のたまごシール（写真２）。賞味期限が入ってないですが、ハート型でめずらしいデザインだったのですきでした。あるときからお客さまの声を反映し、賞味期限を印字するように。さらにそのタイミングでハート形から丸いシールに変わったようです。

2. オフィシャルでたまごシールを集めさせるキャンペーンをしているヨード卵・光

昔（二十四年前）は日付がなかったのですが、今は印字されているようです。たまごシールを集めても最後は送らなくてはいけないので、手元に残したいわたしとしてはこのキャンペーンに参加したことがありません。

3. キャラクターのたまごシール

存在を知ったときから欲しくてたまらないアンパンマンたまごのたまごシール。たまごシールの面白さは、住むエリア（近隣のスーパー）によって扱うたまごが違うこと。吉祥寺に住んでいたときは、ライフのたまごシールばかり集まってしまいました。

写真3

これはディズニーツムツムのたまごシール（写真3）。わたしがたまごシールを集めていることを知っている先輩に写真を見せたら「え、でも日付が入ってないけどいいの？」と言われ、感激しました。分かってくれている。かわいいシールは例外です。

4．シンプルなデザイン

たまごシールには暖色（特に黄色）が多いのですが、青くて余計な情報がないスタイリッシュなものもあります。青いやつ、かっこよくないですか？（日付が「14.09.13」や「14.10.21」のもの）心の中でたまごシール界のAppleと呼んでいます（写真4）。

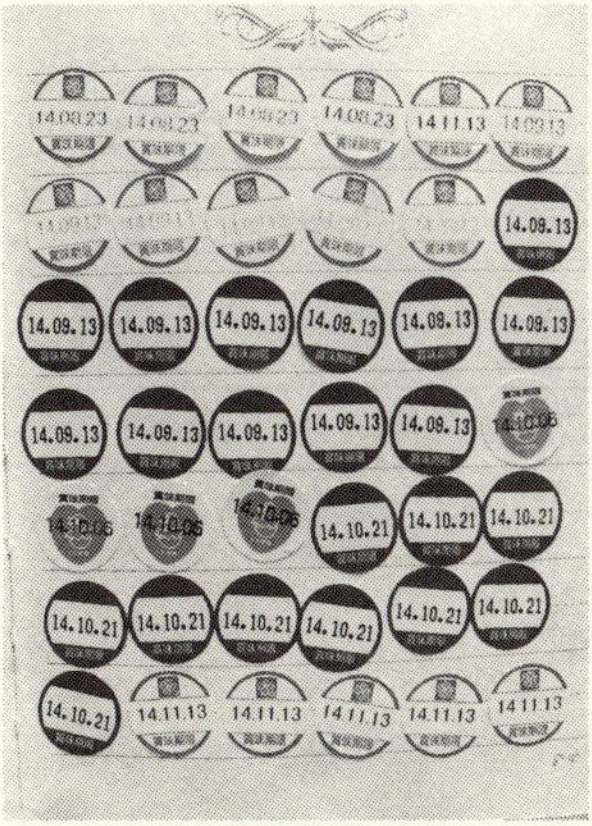

写真4

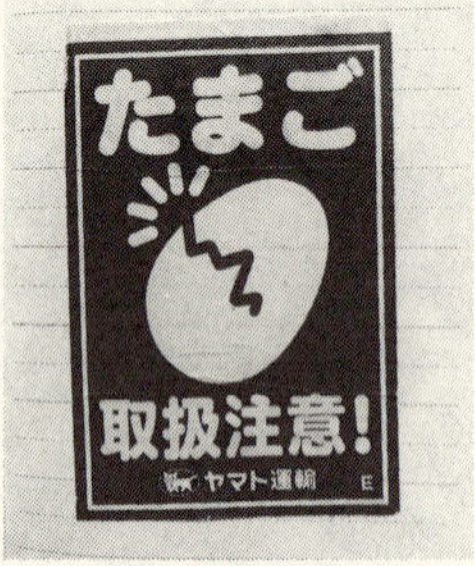

写真5

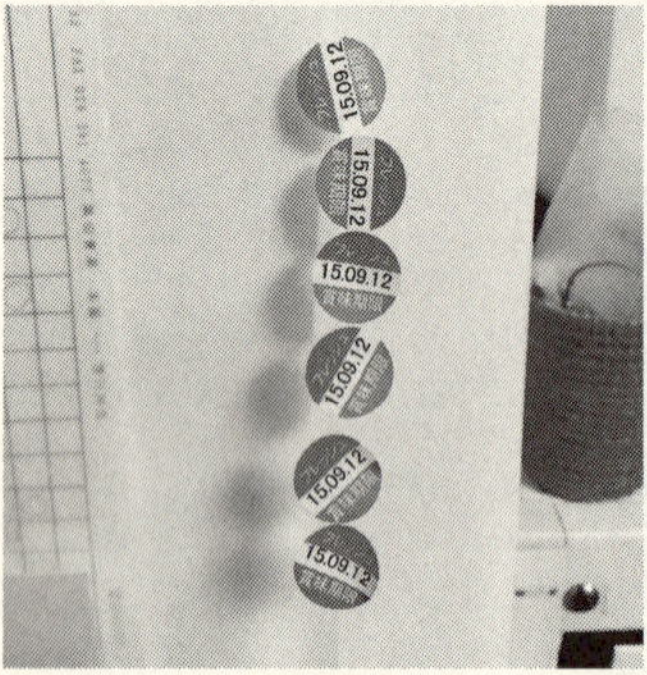

写真6

おまけ

ヤマト運輸さんのたまごシール。まったく別枠ですが、めずらしいのでたまごシール帳に貼りました（写真5）。

たまごシールの思い出

いざというときのたまごシール。最初に入った会社の最終面接のときも、その後転職した会社の面接でも、ここぞというときはたまごシール帳を持ち歩いています。えらいひとに会って気弱になってしまうときは「たまごシールの数では勝ってる……！」と思うようにしています。ふふふ。

そのほかの思い出を写真で振り返ります。

実家の冷蔵庫に貼られているたまごシール

実家に帰ると、ときどき母が冷蔵庫に貼っておいてくれているたまごシール（写真6）。理解のある母です。

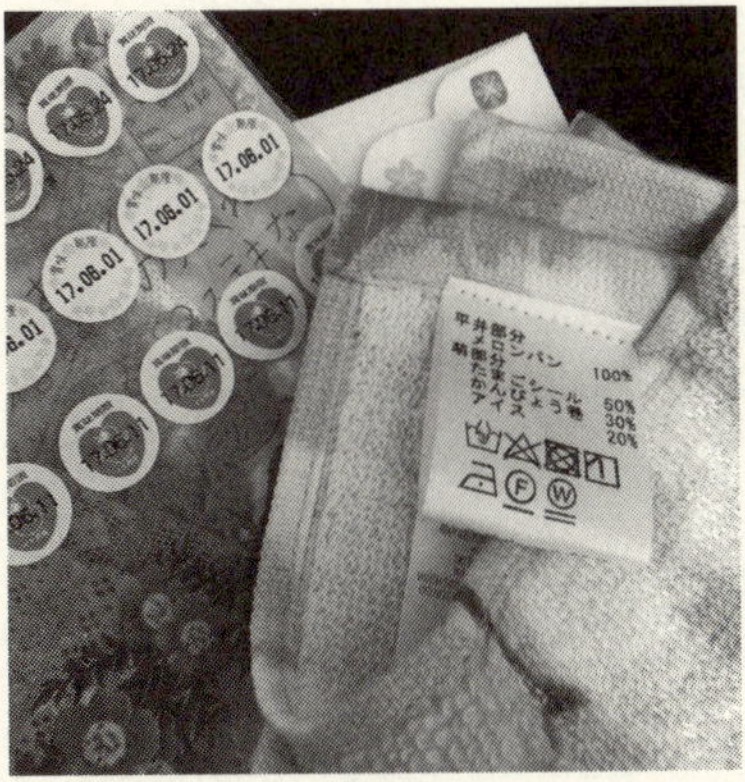

写真7

誕生日にもらったたまごシール

先ほどのディズニーツムツムの話で出てきた先輩が、誕生日にくれたたまごシール。なんと、賞味期限がわたしの誕生日の日付なんです（写真7）。これがどれくらいすごいかというと、たまごは本来賞味期限の二週間くらい前に店頭へ並ぶので、わざわざわたしの誕生日の二週間前から賞味期限をチェックしてくれたということなんです。ちうれしすぎてちょっと泣きました。

なみに当時アパレルの倉庫で働いていて、お手製の洗濯テープをつけたハンカチももらいました。これもとってもうれしかったです。

恋人のお父さんが見つけてくれたたまごシール

とうとう恋人（現・夫）のお父さんまでたまごシールを残してくださるようになりました（写真8）。見たことのないデザインだったので、地域によっていろんな種類があるんだなとものすごく興奮しました。

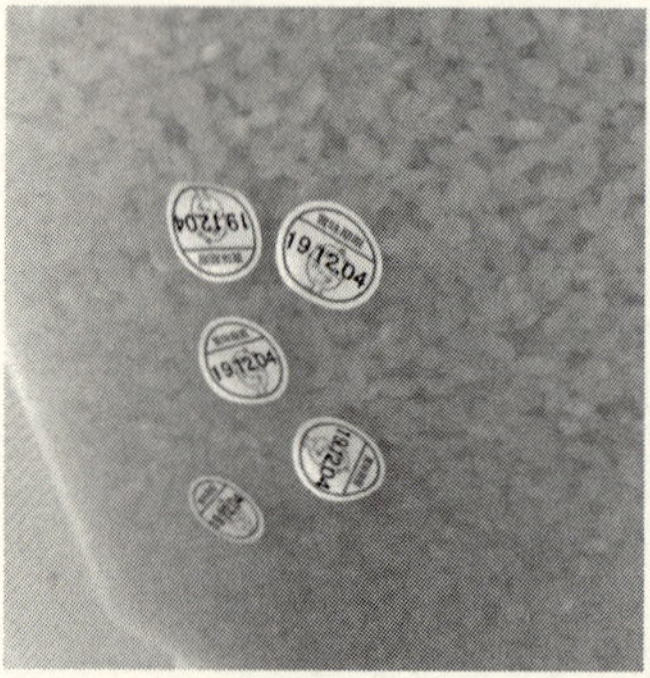

写真8

もっとたくさん集めたい

たまごシールの製造はおそらく昨今減少傾向にあり、賞味期限の表示が「殻に直接印字タイプ」と「ちっこい紙入ってるタイプ」に変わってきています。たまごシールを集めるためにたまごを買うのではたまごに失礼なので、きちんと消費しながら、いろんなたまごシールをもう少しハイペースで集めたいです。

二十四年前、夢だった「たまごシールを百枚集める」。続けた甲斐あり、枚数は集まりましたが、たまごシールの旅は終わりません。まだ地元と東京以外でたまごを買ったことがないので、これからはもっといろんなエリアのたまごシールをチェックしたいと思います。「こんなのあるよ！」と教えていただけると、飛び上がるほどうれしいです。みなさんもよかったら一緒に集めましょう！

ひらい　めぐみ　一九九二年茨城県生まれ。フリーランスでライターとして活動するかたわら、作家として執筆も行う。私家版『おいしいが聞こえる』『踊るように寝て、眠るように食べる』『理想』を刊行。商業出版としての著書に『転職ばっかりうまくなる』がある。

卵酒

小泉武夫

木枯らしが吹き、風邪を引きそうなほどの、厳しい寒さに震える毎日です。

でも、お酒造りにとっては雑菌の繁殖も少なくなり、発酵も緩やかに進みますから酒質も上がるので、厳しい寒さは、実はありがたいことなのです。ところで皆さんは、子供のころ風邪を引いたとき、お母さんが作ってくれた卵酒を飲んだ経験はありませんか？

私は小学三年生の冬、風邪を引いたとき初めて母が作ってくれた卵酒を飲んだのですが、あまりの旨さに徳利1本分をペロリと飲んでしまい「お替り！」といったら叱られた思い出があります。以来、風邪を引くのが楽しみになり、年に5、6回は故意に風邪を引いて卵酒を大いに楽しみました。

こういった、お酒に卵を入れて飲むという風習は、日本に限ったことではありません。韓国やヨーロッパの国々にも見られます。

エッグノックというカクテルは、ウイスキーやブランデーに卵と砂糖、それにシェリー酒などを加えて作るのですが、美味しい上に発汗を促す効果もあるので人気があります。

ここで、すべての国に共通していることは、卵酒は風邪治療のために飲まれているということです。日本でも、元禄時代の食物全般について書かれた『本朝食鑑《ほんちょうしょっかん》』に、卵酒は「精を益し、気を壮にし、脾胃を調ふ」と、すでにその効能が謳われています。

さらに日本のように熱燗で卵酒を作ると、温かい酒ほど胃や腸でのアルコールの吸収が早くなりますから、血管も広がり、体の隅々までカロリーの高いアルコールが行き渡るので、すぐ温まるのです。

お酒を飲むと真っ赤な顔になる方は、皮膚の毛細血管が広がり、良くなった血流が浮き出て赤く見えるというわけです。このアルコールと一緒に、栄養価の高い鶏卵に多量に含まれている、肝臓の機能を上げる効果のあるアミノ酸の結合体・ペプチドや、血糖値を上げ、肝機能を高める効果のある砂糖も体に吸収されます。つまり卵酒には、体を温める効果と、高い栄養価が含まれ、しかも肝臓の機能が高まるため体力的にも強さが増し、風邪に効くと考えられます。しかも、風邪だけではありません。疲れたときや、なかなか眠れないときなどにもおすすめです。

作り方は簡単。日本酒に砂糖を好みで入れ、沸騰するまで温めます。ここに鶏卵を割り、黄身を加えて箸でよくかき混ぜ、温かいうちに飲むのです。一口すると、その柔らかな甘さと共に、子供のころの懐かしい思い出が、ほのぼのと蘇ることでしょう。

こいずみ　たけお　一九四三年福島県生まれ。農学者、発酵学者、文筆家。東京農業大学名誉教授。国や行政機関などのアドバイザーを多数務め、発酵の魅力を広く伝える。『食あれば楽あり』『醤油・味噌・酢はすごい』

『漬け物大全』『灰と日本人』など著書多数。

ゆで卵

鎌田　實

地方都市のホテルで、朝食を食べていたら、知らない中年女性が、ゆで卵の載った皿を持ってきた。

「先生、ゆで卵をむけないと聞きましたので」

突然のことで何のことかわからなかったが、以前、永六輔さんがラジオで話したことを思い出し、合点がいった。

「カマちゃんはカニがむけない。ゆで卵もむけない」

本当は、ゆで卵はむける。生卵がうまく割れないだけ。尾ひれがついた永さんの話を聞いて、親切にゆで卵をむいてくれたらしい。

卵には思い入れをもつ人が多い。特に戦後の貧しい時代を経験した人にとっては、おいしくて栄養たっぷりの、あこがれの食べものだった。

先日、パーソナリティーを務める「日曜はがんばらない」（文化放送）というラジオ番組に、女優の大空真弓《おおぞらまゆみ》さんが出演してくれた。その時の差し入れが、何とゆで卵30個。中身に驚いた。黄身が半熟のオレンジ色なのだ。流れ落ちないギリギリの柔らかさで、とろっとしている。

おいしい、おいしいと食べていると、大空さんは「おいしいゆで卵には、三つ原則がある」と言い出した。一つは、元気な放し飼いの鶏の卵であること。二つ目はゆで方。黄身に熱が入りすぎないようにするには、秒単位の調整が必要らしい。三つ目は塩。いろんな塩にこだわったが、今は沖縄のうこんの塩が一番という。ゆで卵にも、マナーがあるのかと驚いた。

それに触発され、それぞれの卵の食べ方を熱く語り始めた。番組の相方でフリーアナウンサーの村上信夫《むらかみのぶお》さんは、すき焼きの卵について。まず黄身と白身を分け、白身をメレンゲ状になるまで攪拌し、その中に黄身を軽くかき混ぜて入れる。すき焼きにはこれがうまいと主張した。

プロデューサーは、「卵かけご飯が最高だ」という。黄身だけをご飯の上に静かにのせ、黄身の先に穴を開けて、しょうゆをたらし、軽く全体をかきまわして食べる。

それを聞いていたスタッフの女性が不思議な食べ方を紹介した。生卵を30分ほど冷凍庫に入れ、シャーベット状に固まった黄身をわさびじょうゆで食べる、という。みんな、卵が大好きなのが伝わってきた。

大空さんが「最後はやっぱりケンタマね」と言い出した。

ケンタマ？ 首を傾げていると、こう語り始めた。

「私は子供のころ、体が弱く、卵に救われました。だから、私のお別れ会には、みんなにゆで卵か蒸し卵をもってきて下さいとお願いするの」

それを祭壇に奉じてもらい、前の人のケンタマを持ち帰ってもらう。お浄めの塩はさしあげる。そして、彼女好みの塩でゆで卵を食べてもらいながら、大空真弓を思い出してもらいたい。これが、献玉だというのだ。献玉葬か。卵愛もここまでくれば立派。腹がよじれるほど笑った。

かまた　みのる　一九四八年東京都生まれ。医師、作家。諏訪中央病院院長に就任、地域医療に従事して「地域包括ケア」の先駆けを作る。国際医療支援、全国被災地支援にも力を注ぐ。著書『がんばらない』がベストセラーに。最新の著書に『長生きたまご』がある。

フライパン問題と目玉焼き

江國香織

お鮨屋さんのカウンター席で、隣にすわった女の人二人がフライパンについて話していた。他所《よそ》の人の会話を聞くつもりはなかったのだけれど、お鮨屋さんというのは大抵狭く、静かなので聞こえてしまうのだ。四十代半ばか後半くらいの、きれいな女の人たちだった。それぞれ仕事をしていて収入があり、家庭もきちんと営んでいる、そういう風情の二人で、注文のしかたにも余裕が感じられた。

「買えばいいじゃないの。フライパンなんてそう高いものじゃないんだから」

と、一人が言った。

「それはそうなんだけど」

と、もう一人。

「私なんてしょっちゅう買い換えてるわよ、フライパン。あのね、いいこと教えてあげる。フライパンはね、ホットケーキがきれいに焼けなくなったらもうだめよ」

「ええ、それはそうなんだけど」

会話はもっとながく続いたが、結局のところ片方がくり返し買い換えを勧め、もう片方は徹底して「それはそうなんだけど」とこたえているのだった。私はもうすこしで、

「わかります!」

と口をはさみそうになった。

「わかります! 私はそれを、フライパン問題と呼んでいるんです」

と。

テフロン加工が主流になって以来、フライパンというのは基本的には新し

いものの方が料理がきれいにできる。くっつかないので、目玉焼きの目玉を壊してしまう心配もすくない（買い換えを主張した女性にとってのホットケーキは、私にとっての目玉焼きみたいなものなのだろう。ぜひともきれいに焼きたいもの）。けれど一方で、手に馴染んでいないフライパンは使いにくい。深みや厚み、重さや大きさ、癖といったあれこれを、熟知するには時間がかかる。熟知したころには表面の加工が傷みかけているのだが、馴染んだ道具は手放し難い。古いフライパンを捨てられず、新しいフライパンのくっつかなさと洗いやすさも捨てられない。加えて、テフロン加工ではないフライパンもどうしたって要る。中華鍋を持ちだすまでもない軽い揚げものとか、どっしりした肉料理を作りたいときのために。

そうすると何が起こるかというと、フライパンが戸棚のなかにふえていくのだ。どんどん、そしてひっそり。困るし、すこしこわくもある。実際に日々使うものは二つくらいなので、使われないフライパンたちが不満をつのらせている気がするからだ。

お鮨屋さんで二人の女性の会話を聞いたとき、私が感じたのは、だから安堵だった。フライパン問題を抱えているのは私だけではない、という安堵。そしてほとんど確信してしまったのだけれど、私は多くの女の人のなかに、テフロン加工への愛憎相半ばする気持ちがあると思う。勿論二人の女性たちはそんなふうには言っていない。でも、「ホットケーキ」という言葉と、「それはそうなんだけど」という言葉が、十分に物語っていた。逡巡《しゅんじゅん》、そして見切るためのきっぱりした理由。

すこし前まで、フライパンというのはどこの家のも使い込まれて、まっ黒にすすけていた。洗っても洗っても、十全にきれいにはならないものだったし、でも、だからこそだせる味があった。その証拠（？）に、台所を舞台にした神沢利子さんの名作童話のなかでも、フライパンはおじいさんなのだ（『ふらいぱんじいさん』）。私は小学校の図書室でその本を読み、フライパンがおじいさんだということに（他に、おばさんだったり子供だったりする台所道具もいる）、深く納得したものだった。

テフロン加工の場合、新品を少年だとすると、青年が少年に機能においてひけをとってしまい、中年になってくたびれたらもう見切らなくてはならない、というようなことになるのだ（あくまでもたとえです）。

私は偏愛する目玉焼きについて考えてしまう。子供のころ、油のまわった黒く重たいフライパンで、私はちゃんと目玉焼きが焼けていた。縁は焦げてフリルおよびレースに似て波打ち、白身に火ぶくれができるが黄身はきわめてレアな目玉焼き。お皿に移すときには目玉が壊れるんじゃないかとどきどきしたが、どんなにどきどきしても、やってみるよりなかった。

目玉焼きは、テフロン加工ではないフライパンで作った方が断然おいしい。それなのに私はテフロン加工で作ってしまう。のみならず、お鮨屋さんの女性のホットケーキ同様に、買い換え（というか、新品投入。古いものも捨てられないから）の目安にもしている。くっつかない、という機能に一度慣れてしまうと、目玉焼きの目玉を壊すことが、ほとんど耐え難く感じられる。新種のフライパンに甘やかされて、私はすっかり怠惰になってしまった（でも、甘やかされるのが嫌いな女の人なんているだろうか）。

ところで、目玉焼きを目玉焼きと最初に呼んだ人はどういう人なのだろう。豪胆だなあ、と思う。だって、目玉焼き。ぎょっとする日本語だ。英語ではサニー・サイド・アップという美しい名前だし、スペイン語ではウエボ・フリートで、辞書をひいたらウエボは卵、フリートは揚げる、油焼きする、という意味だった。日本以外のどこかに、あれを目玉焼きと呼ぶ国はあるのだろうか。

レッド・アイというカクテルを、ビールもトマトジュースも好きなのに私がのまないのは名前が不気味だからで、それなのに目玉焼きという言葉には抵抗がない。日本人の証というべきかもしれない。というより、私はたぶん目玉という言葉を知るより前に、もう目玉焼きをたべていたのだ。

えくに　かおり　一九六四年東京都生まれ。小説家。『号泣する準備はできていた』で直木賞、『がらくた』で島清恋愛文学賞、『真昼なのに昏い部屋』で中央公論文芸賞、『ヤモリ、カエル、シジミチョウ』で谷崎潤一郎賞を受賞。その他受賞多数。詩作や海外絵本の翻訳も手がける。

ジャンクスイーツの旅

若菜晃子

ポルトガル・アルガルヴェ

鶏卵素麺というお菓子をご存じだろうか。卵黄と砂糖でできた生地を細い糸状にして束ねた、九州福岡の銘菓である。口当たりはやわらかく、滋養たっぷり、しっかり甘い。そして私はこのお菓子が少々苦手である。

もちろんこれは好みの問題、個人的には卵と砂糖に粉を加えたものや卵白のお菓子は好きなので、鶏卵素麺の、生に近い卵黄の味が不得手なのかもしれない。が、卵かけごはんは好きなので、問題は卵黄ではないはずだ。思うに卵かけごはんは醤油味だが、鶏卵素麺は砂糖味だから抵抗があるのだ。ごはんのおかずにもなる存在が甘いのはだめ。そういえば昔はおはぎもだめだった。ごはんとおやつは分けておきたい、そんな気持ちが鶏卵素麺を苦手科目にしてしまったのかもしれない。

鶏卵素麺は、安土桃山時代にカステラや金平糖と同じくポルトガルから伝来した南蛮菓子である。以来四百余年、素麺のごとく細く長く受け継がれてきた。しかしはたしてこの昔ながらの味が本国では今も残っているのか、疑問をもたないでもなかった。

ところがポルトガルの南部、アルガルヴェ地方を旅した折りに、現実を目の当たりにすることになる。ユーラシア大陸の南西端の岬を擁するこの地方は、一大鶏卵素麺地帯でもあったのだ。

ポルトガル人は無類のお菓子好きとみえて、どんな小さな町にも菓子店があり、おいしそうなお菓子がどっさり並んでいる。わー夢みたい、どれにしよう、この黄色いのはなあに、カスタードかしら？　さっそく食べてみると、なんとそれはあの鶏卵素麵！

鶏卵素麵はお菓子の中に仕込まれていることも多く、見た目にだまされてつい買うと、また鶏卵素麵！　これも鶏卵素麵！　揚げ鶏卵素麵、マジパンに、鶏卵素麵まんじゅう、鶏卵素麵シロップ漬……。鶏卵素麵を素材に、よくまあこれだけの種類を作れるものだ。お腹の中は甘い卵黄でいっぱい、遅ればせながらポルトガル語で卵はOVOと学び、しばらくオボと名につくお菓子は買わないようにした。

ポルトガルでも鶏卵素麵地帯は南部だけ。北部はボーロ（ポルトガル語でケーキ、クッキーの意）地帯で、その違いははっきりしている。日本でいえば、名古屋圏ではういろうをよく食べるが、他の地域ではほとんど食べないのと同じ。ただし名古屋の人は他にもさまざまなお菓子を食すが、アルガルヴェの人にとっては鶏卵素麵が今も昔も変わらぬナンバーワンおやつなのだ。そんな彼らが、遠い昔日本に渡った自分たちのお菓子が連綿と続いていることを知ったら、さぞや驚くことだろう。もっと鶏卵素麵好きが訪れたらよかったろうに。こんな私でごめんなさいね。

スイス・ツェルマット

スイスのお菓子でいちばん好きなのは焼きメレンゲだ。メレンゲを食べていると、メレンゲってなんでこんなにおいしいんだろうといつも思う。一日三食メレンゲでもいいと思う。死ぬ前になにを食べたいか聞かれたら、おうどん(関西出身なもので)とチョコレートと答えようと常日頃から考えているが、もしかしたらチョコレートよりもメレンゲの方が好きかもしれないとメレンゲを食べるたびに思う。

しかしこのお菓子大国日本において、メレンゲはそれほど市民権がなく、残念ながらメレンゲを食べる機会はほとんどない。おそらくヨーロッパ諸国と違って日本は湿度が高いため、乾燥が命のメレンゲはすぐにしけってしまうからだと思われる。そのせいか日本で売っているメレンゲは極端に小さく量が少なくしかも高い。これではそのおいしさに感激しながら心ゆくまで食べることができず欲求不満に陥るので、日本では買わないことにしている。

そんなに好きなら自分で作ればいいのだが、弱火のオーブンで一晩中焼き続けなければいけないと聞き、火事がこわくてすっぱり諦めてしまった。

そんなわけで、メレンゲはもっぱらスイスに行ったときに買い込み、スイス土産には必ずメレンゲをリクエストする。もちろんスイス国内にもお菓子分布図があり、メレンゲ地域と非メレンゲ地域に分かれていて、フランスに近い地域にメレンゲ率が高いようだ。メレンゲ土産は頼まれた方が災難で、中身はほぼ空気のこのお菓子を美しい姿のまま持ち帰るのは至難の業である。たいがいは原型よりも砕けた粉の方が多いという結果に終わるが、それでもスイスのメレンゲは甘く大きくたっぷりとして食べ甲斐があり、毎度メレンゲの作り主と運び主に感謝することになる。

日本にも卵白と砂糖を使って寒天で固めた淡雪なる和菓子があるが、同じ卵白菓子でもこちらはむにゃりとした口当たりで、滋養菓子の翁くささを感じて好きになれない。メレンゲ菓子には、からりと乾燥し透明感のあるスイスの空気がごとき軽やかさと甘さこそがふさわしい。

ところで、かの『徒然草』には、大根が好きで毎日大根を食べていたお役人の話が出てくる。あるときこのお役人が敵に攻められた際に、どこからともなくふたりの兵士が現れ、窮地を救ってくれた。お役人は驚き、貴方はどなたかと問うと、「毎日召し上がって下さった大根です」と言って去っていった……という話なのだが、私もこれだけメレンゲが好きでこれだけ食べていたら、困ったときにメレンゲの精――兵士よりも妖精の方がしっくりくる――が助けに来てくれるのではないか、と子どもじみたことを考えながら、そのおいしさにひとり恍惚としているのであった。

迷路の卵

モロッコのフェズには迷路のような旧市街があって、人ひとり通れる幅の路地が網目状にはりめぐらされている。道の両側には間口一間ほどの小さな商店と人家がぎっしりと建ち並び、それらの上に細く見えている青空に向かって、物売りたちの声が響き、人々が行き交い、話し声がゆらめいている。彼らの間をぬって歩いていると、次第に方角がわからなくなり、自分がどこから来たのか、今どこにいるのかも混沌としてくる。

男たちは皆明るく闊達だが、女たちは誰もがイスラム教徒の証である黒いジュラバを頭からすっぽりとかぶっていて、表情はうかがい知れない。一様に個性を隠し警戒心を解かず、ことに外国人との関わりなど避けるようにして足早に通り過ぎていく。

モロッコを旅していて、そのことにようやく慣れてきた頃、旧市街の石畳で前をゆく女性から、カシャンと小さな音がした。なんだろうと思って見ると、聞き覚えのあるその音は、卵が落ちて割れる音だった。彼女はジュラバの下に卵の包みを抱えていたのだ。

その瞬間、彼女はしまった、というそぶりをして、恥ずかしそうに目だけでこちらを見て、急いで去っていった。

そのときに初めて、黒づくめで沈黙を守る彼女も、自分となんら違わない日常を送っている人なのだと思った。

わかな　あきこ　一九六八年兵庫県生まれ。編集者、文筆家。山や自然、旅に関する雑誌、書籍を編集、執筆している。旅の随筆集第一集『旅の断片』で第五回斎藤茂太賞受賞。著書に『東京近郊ミニハイク』『徒歩旅行』『地元菓子』『街と山のあいだ』『東京甘味食堂』などがある。

塗り椀の卵　微妙に重い

片岡義男

寒、という文字のつく言葉を歳時記でたどっていくと、そこには日本の冬があるのではないか、と僕は考えた。

小寒。大寒。寒。寒し。寒波。三寒四温。厳寒。などとならんでいる言葉は、見ればなんとなくわかる。しかし、いちばん最初の小寒を、こざむ、と読んでいた。正しくは、しょうかん、だ。大寒も、おおざむなどではなく、だいかん、だ。冬の寒さが三日続くと次の四日間は温かい、という周期が、三寒四温だ。これも、歳時記の説明を読んで、そうだったのか、といまさらのように思う。

寒卵という言葉を見つけた。かんたまご、と読む。寒中に鶏が産んだ卵のことだ。塗り椀《わん》に寒卵を割り落とすと、その瞬間、ほかの季節の卵にはない重さをふと感じる、という意味の俳句が、寒卵という季語を使った句の一例としてあげてあった。

これは日本語とその向こうにある日本の感情の勉強だ、と僕は感じた。ほかの季節の卵より重い、と感じるのは、割り落とした次の瞬間だ。もはやその卵は自分の手を離れて塗り椀のなかなのだが、その卵に寒中の重さを感じる。計測すれば実際に寒中の卵のほうが重いのだろう。しかもその卵を受けたのは塗り椀だ。

寒中の卵を塗り椀に割り落とした次の瞬間、ほかの季節の卵にはない、寒中の卵だけにある重さを感じるのが、日本の冬の一例だ。僕はそのような体験を持ってはいないが、言われればわかる、という世代の最後ではないか。塗り椀の内側の、あの色と曲面そして質感が、寒卵の重さを絶妙に増幅している。受けたのが塗り椀でなかったなら、寒卵の重さは見過ごされたかもしれない。

これは明らかに日本語の勉強だ。勉強したからには応用したい。僕ならどのように応用するのか。

寒中のひときわ寒い日の夕方、待ち合わせた女性はくっきりと赤く口紅をつけて、あらわれた。その美しい唇を見ていると、やがてかならずやなにか辛辣《しんらつ》なことを言われるのではないか、と相手の男性は思い始める、というような応用をしてみたくなる。

鮮やかに赤い口紅に、寒中の寒さが、視覚的に重さをあたえている。そしてその重さは、その唇のあいだから自分に向けて発せられる言葉の重さ、つまりは辛辣さへと、彼の気持ちのなかで転換される。日本語の妙だ。寒中の寒さは彼女のくっきりと赤い口紅を経由して、彼にとっての辛辣な言葉となる。小説のなかで使ってみよう。猛暑日の午後に書くといい。

歳時記のなかでは冬の次は新年なのだが、新年には寒という字のつく言葉はなかった。日本の新年に寒はない、という発見をした。

秋には、やや寒、肌寒、朝寒、夜寒、そぞろ寒、寒露などがあった。やや寒は、うそ寒、秋寒、とも言う。やや寒と肌寒はおなじような意味で、昼夜の別はない。秋がもっと深まり、朝や夜に特に寒さを感じる頃に、朝寒そして夜寒が登場する。

春には寒明、余寒、春寒などがあった。日本語は寒さに敏感な言葉だが、夏のなかには梅雨寒があるだけだった。

かたおか　よしお　一九三九年東京都生まれ。小説家、エッセイスト。『白い波の荒野へ』で小説家デビュー。『スローなブギにしてくれ』で野性時代新人文学賞受賞。近著に『言葉の人生』『これでいくほかないのよ』『珈琲が呼ぶ』『カレーライスと餃子ライス』などがある。

オフ・ア・ラ・コック・ファンタスティーク

——空想半熟卵——

森　於菟

夜仕事につかれて空腹のまま寝たりすると、ときどき妙な夢をみる。夢というか幻想というか、ともかく尋常でない夢である。食を求める食いしん坊の胃袋と、職業意識がかさなって幻覚となってあらわれるものらしい。その内容を公開すると、読者はゲンナリされるかもしれないが、事実だからいたし方ない。一口に言うなれば、ぼくは冷めしに細菌のふりかけをかけて、それを懸命に口にかき込んでいるのだ。しかも細菌の内容たるやコレラ菌、チフス菌といったしろものだ。それを白子干《しらすぼ》しのように飯にかけて食べるのだ。

人を殺すような細菌も生きていればこそ有害なのだ。彼らでも死んでしまえば、醤蝦《あみ》や白子と変りあるまい。ぼくらが旨いと思って食べるうにの卵巣や鱈の精虫、つまりしらこと同じことである。死んで無害になった結核菌を何千億とあつめてそれに味付けして食べたら、一生結核にかからない抵抗をつくるとともに、案外世界で一番ぜいたくな料理の一つになるかもしれない。というのは後からつけた理窟で、真相は昼間の研究室における仕事と夜中の空腹とが協力してつくりあげる悪戯《いたずら》らしい。

ところでぼくの教室の塵芥箱《ごみばこ》をみたら、ここは大学の医学部ではなくて料理学校に来たのではないかと錯覚する人もあろう。それほどぼくの教室では大量の卵が消費されるのだ。といっても人間の胃袋に「消費」されるのではない。オムレツやスクランブルド・エッグなどを作るために卵が割られるのではない。むつかしい言葉でいえば卵殻外発生の実験のために卵が必要なのである。ひらたく言えば、卵を殻の中でなく、素焼の壺の中でにわとりにする実験である。といっても実験のほんとうの目的は壺の中でにわとりを作るという手品を行うためにあるのではなく、ただ卵殻の外で卵を発生させると生物学的観察および種々の実験にいろいろ都合がいいからである。

デリケートな卵は気体が汚れていると細菌にすぐ感染してしまう。だから完全に滅菌された容器の中でさらに殺菌灯で無菌状態にした空気の中で育てられなければならない。孵卵器《ふらん》の中で少しずつ発生してゆく雛をみて、旨そうだなと思うときがある。生物学の実験者が観察の対象に対してこんな食いしん坊心をおこすのは、久米の仙人の迷いと同じ大罪である。色欲のほうはとうに駄目になってしまったが、映画『七つの大罪』で女の寝床を抜け出してうまそうなキャマンベール式のやわらかいチーズに誘惑されるあの尊敬すべきグルマン、田舎ドクター氏に大いに同情の念を禁じえないのだ。しかも素焼の中の卵は各発生段階によってその旨みがちがうようだ。なかには気味が悪いという人もあろうが完全滅菌ずみであるのでその点は保証ずみである。また現に南方では発生中途の卵を食べるそうだ。

助手君はときどきぼくに見てくれと言いにくる。そこでぼくはしかつめらしい顔をして孵卵器の前に立つのだが、腹の空いているときなぞはもうぼくは食いしん坊の大罪を犯しはじめているのだ。これはフライドエッグにしたら旨かろうな、あれは質のいいバタをのせ、コニャックをふりかけ、ブケをそえ、香料をうんときかせて、最後にエダムチーズをうんと振りかけて、オーブンで焼いてみたらどうだろうな、などと考えている。そのうちにぼくの眼前には顔中を皺だらけにして笑みを浮かべている、あの料理のオバサン、江上トミさんの顔が浮かんでくる。「未熟のお雛もこうして召し上がりますとおいしーくお召し上がれになれます。パセリなどをお添えしてどうかお熱いうちに召し上がって下さいませ。今日のお料理、いかがでしょうか。ぜひ一度おためしになって下さいませ」。

あやうく涎《よだれ》が垂れそうになりはじめた頃、助手君は「先生」という。ぼくは、江上さんにつられて眼じりを下げていた顔を権威ある教授の顔になおしてふりかえる。そして学問に関しなかばモーロクしかけた師よりもはるかに熱心な弟子にむかって質問の内容をききなおすのである。

卵の殻のほうにも空想がある。いや空想というよりも意地きたないぼくは、きわめて現実的な提案のつもりだ。時間がないので実験はしてみないから、可能か不可能かはわからないが、どうもできそうな気がする。ぼくが考えているのは色変りの半熟卵だ。

ぼくは半熟卵が好物だ。毎朝古女房に半熟卵をこしらえてもらって、白い瀬戸のふちで生あたたかい白い楕円形をコチンとたたくときの気持はなんともいえない。それを二本の指でカッと開くとどろりとした白身が湯気をたてて黄身といっしょに落ちてくる。スプーンで殻の内壁についた白身を削りとり、それに塩か醤油をかけ、あるいは女房の眼を盗んで化学調味料をちょっぴりかけ、それをスプーンでしゃくって食べる。貧乏なぼくにはそれが涙がポロポロでてくるほど旨いのだ。下手な宴会料理なぞよりはるかに旨い。

ところでぼくはこうして毎朝卵を一つずつ充分満足して食べているのだが、自分の幸福に満足しながらもときどき思うことがある。「もう少し複雑な味をした半熟卵があったら旨かろうな。中に蟹《かに》や蝦《えび》や蝦蛄《しゃこ》なんかが入っていたらさぞ旨かろうな」。そこでぼくが眼に浮かべるのは教室で大量に割られる卵の殻だ。教室で卵が割られる場合、特殊技能をもった技師君がいて、彼が鑢《やすり》を用いて実に正確に卵を割る。ぼくがコチンと茶碗のふちで割るように、破片を飛び散らせたり、割れ目にギザギザをつけたりしない。つまりぼくが半熟卵に舌鼓をうちながらも、眼前にちらつくのは彼が割った卵の正確な割れ目である。そして、ぼくは彼の技術を採用すればもう少し複雑な味をした半熟卵が食べられそうな気がするのである。

ぼくが考えている料理法はこうだ。まず彼に卵の端に近い部分をきれいに割ってもらう。そして帽子をとるようにその部分をとり除いて、次にそこから卵の内容物を外に出す。容器にあけた卵にあらかじめ茹でてある蝦を入れたり、マシュルームを入れたり、バタを入れたり、香料やストックを入れたりいろいろ工夫をこらすのだ。銀杏《ぎんなん》を入れてもよい。卵をかき混ぜるか、そのままにするかは専門の料理師に研究してもらう。ともかくもいろいろ味つけがすんだ卵を、もちろん量を少し減らさねばならぬが、もう一度殻の中に戻す。この入れなおすのには、これもぼくの研究室でつかっているにわとりよりも大形のあひるの卵の殻を利用するのも一案だろう。実際、神業に近い技術をもつ技師君は鶏卵をあひるの卵の中に移しかえ、それを孵《かえ》す実験をやっている。さて卵の帽子をキチンとかぶせ、熱に強い特殊セロテープでふさぐ。途中で爆発しないように注射器かなにかで空気を除く工夫も必要だろう。

あとは半熟卵を作る時と同じ要領だ。もちろんカラザなどが破壊されているので茹卵にした場合には黄身が中心にこないが、ぼくのねらいは半熟にあるのだから問題はない。黄身を崩した場合はさらに問題はない。

これがぼくが毎朝古女房に茹でてもらった半熟卵を充分満足しきって食べながらも時々思うことである。いろいろな複雑な味をもった半熟卵ができたらどんなに素晴らしいことか。こんな料理、ぼくの知らぬ間にすでに存在しているかもしれない。けれど、いまだ誰も試みたことがないとするなら、料理専門家の方々よ、毎朝半熟卵で涙を流す余命いくばくもない食いしん坊の老人のためにぜひ作って下さるまいか。そして、その新料理がぼくの名にちなんで命名されれば、ぼくの感激これにしくものはない。というのは、才能とぼしきゆえ、一生を捧げた科学の世界ではぼくの名はどうやら後世に残りそうもない。せめて半熟卵にでもぼくの名が残されるならば、遠い子孫のうちに新案半熟卵を毎朝食べながら、こんな先祖もあったのかと思ってくれるものもあるかもしれないから。

もり　おと　一八九〇年東京生まれ。解剖学者。小説家で陸軍軍医であった森鷗外と最初の妻・登志子（海軍中将・赤松則良の長女）の長男として生まれる。著書に、父の回想録『父親としての森鷗外』がある。一九六七年没。

鶏卵

矢野誠一

都会派短篇小説の名手神吉拓郎は、パロディの天才だった。

かつて雑誌の「オール讀物」に、「黄色ページ」と称する、洒落たセンスにあふれたパロディのコーナーがあって、毎号楽しみにしてる読者が多かった。全ページ無署名の短いコラムで構成されているそのコーナーには、山口瞳、飯澤匡、村島健一なんて人たちも執筆していたようにきいたが、私がその一端に加えていただいたころのチーフが神吉拓郎だった。彼が『私生活』で直木賞を受けた一九八三年時分のはなしである。「黄色ページ」史上に残る傑作といわれた「誤植」なるタイトルのショートショート、葦の髄から天井のぞくも彼の作だった。
　そんな仕事のあい間の手すさびに、神吉拓郎とふたりして、私家版「日本偽書番附」というのをこさえようという企みが持ちあがり、「とりあえずは東の関脇から始めましょう」とあいなった。とりあえずもなにも、まずは東の関脇からというのがいかにも神吉拓郎だったが、結局この「日本偽書番附」、東の関脇一冊に終わった。その一冊が、『日本帝國鶏卵史』で、ちゃんとした奥附だけつくった。

日本帝國鶏卵史
大正十六年一月十五日　印刷
大正十六年一月二十日　發行
著者　農學博士　多田野仁兵衞

發行者　東京市本鄕區森川町十一
　　　　安部隆一郎
印刷者　東京市小石川區久堅町一〇八
　　　　野川菊松
發行所　東京市本鄕區森川町十一
　　　　電話本鄕三二九六
　　　　振替東京三四〇四五
　　　　日本帝國養鶏技術推進會

この奥附の上部と下部に右から左の横書で、「不許複製」「帝國印刷株式會社　印行」と記して、「定價　貳圓」としようという私の案に、「不許複製」より「不許複數」のほうが、「定價」も「頒價」としたほうがいいでしょうと神吉拓郎は言った。「不許複數」という表記をそれまで目にしたことがなかったが、むかしの学術書などにはよくある例なのだそうだ。

そんなことより印刷日と發行日が、大正十六年とあるのが藝のこまかいところと、ふたりして自画自賛したものだ。ご案内のとおり元号の大正は十五年の十二月二十五日までで、西洋暦のそれほど普及してなかった当時とあって、あらかじめ刷られた大正十六年表記の刊行物は少なくないのだ。「當用日記」など、ほとんどが大正十六年版のはずである。

さて、この国の現代史には、明治、大正、昭和、そして平成という改元にともなうものと平行して、戦前、戦後という時代区分があるのだが、戦後がすでに六十六年を経てしまっては、この区分けはあまり意味をなさないというのにうなずけないこともない。だが、私たち世代の者には、価値観が大転換した一九四五年八月十五日以前と以後は、はっきり区分けしなければおさまらないものがある。日本敗戦という歴史的事実は、我らが世代にあっては、初めて体験した風俗革命でもあったのだ。

その敗戦後六十六年このかた、戦前とくらべて極端にその価値の軽くなったものといったら、生活用具で時計と傘、そして食糧品にあっては、そう鶏卵とチューインガムではあるまいか。

名人古今亭志ん生の長男で、十代目金原亭馬生になって、いぶし銀の藝を発揮した美濃部清の生まれた一九二八年は、昭和恐慌まっさかりのところへ持ってきて、志ん生一家は貧窮のどん底であえいでいた。

志ん生の口ききで落語家になった八代目の三笑亭可樂は、その時分小唄久和派の家元だった幸久和と、黒門町のうさぎ屋の裏で世帯をはっていた。

「稽古に来たひとに、あたしがお茶を出すんです。ま、ヒモみてえな気がしねえでもなかったが、よく稼いでくれる女でしたよ。だから仲間うちじゃ羽振りがよくってね。志ん生のところで清が生まれたときなんざ、鶏の卵十《とお》ばかし届けてやったもんです。志ん生のかみさん、はち巻して横ンなってたけど、ええ喜んで……」

晩年の可樂から直接きいたはなしだが、「鶏の卵十《とお》」というのが、貧乏長屋の出産祝いに過ぎたるものであったのは間違いない。桐でこそないが立派な箱に、籾がら敷きつめおさめられた、のし紙つきの贈答品である。

スーパーマーケットなんてなかった戦前では、鶏卵は乾物屋で扱う商品だった。もちろん鶏肉屋にも置いてあった。いずれにしても一個、二個のバラ売りバラ買いがふつうで、箱入りの贈答品をもらった家では、食べたあとの籾がらをどう処理したのだろう。

鶏卵の鮮度だが、殻がざらついているのが新鮮で、古くなるとこの殻につやが出て、つるつるしてくる。昨今のようにプラスチックのケースに、賞味期限なんて記されてはいないから、乾物屋の親ぢは一個一個手にすると、裸電球にすかして鮮度をたしかめたものである。内部が半透明で明るいうちは新しく、不透明で暗いのは古くなっているから、早く食べたほうがいいなどと言われたものだ。

なにしろ貴重品扱いの鶏卵とあって、食したあとの殻までが再利用された。みがきぬかれた格子戸のわきに、よく手入れされた植木鉢のならべられた下町の仕舞屋《しもたや》で、その植木鉢の土に半分割された鶏卵の殻がいくつか伏せられているのを見かけたものだが、あれもお呪いじみてはいるけれど、いくらかでも土の養分にとの願いがこめられていたのだろう。

お祭りや縁日に出る露店の、カステラ風焼菓子屋なども、この鶏卵の殻をこれ見よがしに山積していたものだ。これだけたくさんの鶏卵を使っていますよの、言ってみればあれも一種の宣材だろう。露天商の多くは、お祭りや縁日の開催地を追いかけて、全国津津浦浦旅して歩くわけだから、ただでさえ壊れやすい鶏卵の殻を、無事運搬するのにもそれなりの苦労があったはずである。

つい二十年ほど前まで、上野の山で人を集めてはくすぐり沢山の口上で笑わせていた蛇つかいをよく見かけた。これも商売往来では香具師《やし》の部類にはいるお方だろうが、とり出した蛇に自らの腕を噛ませるなどしながら、結局は蝦蟇《がま》の油よろしき血止めの塗り薬を売るのだ。小沢昭一のインタビューを受けたときの記事の載った、茶色に古ぼけた新聞をこれも宣材よろしくセルロイドケースにおさめて、当の小沢昭一が人ごみにかくれてきいているとはつゆ知らず、

「きのうも小沢の昭ちゃんに会った。あの男も蛇が好きだ……」

などとやっていたものだ。

鶏卵を呑みこんでしまうという蛇だが、呑みこむのは有精卵に限っていて、無精卵には見むきもしないというのは、その蛇つかいの口上をきくより先に知っていた。だが肉眼で識別するのは至難の技だという有精卵と無精卵の仕

分けに、蛇が貢献してるとまでは知らなかった。くだんの蛇つかい氏に言わせると、あらかじめ腹をすかせておいた蛇の前に、無作為に鶏卵を並べていくのだ。なかで蛇が喰いつきそうになったものをすばやく取りあげ、有精卵の箱におさめていくという。この有精卵を取りあげるとき、蛇に指の先をくいつかれることがままあって、そんなときの止血もこの薬を塗ればたちどころになおるというのだが。

薬の効き目はともかく、蛇つかいの口上にあった有精卵と無精卵の鑑別法の、ことの真偽をたしかめたわけでは無論ない。無論ないが、あやし気で、胡散くさくて、それでいながらどこかおかしく、そして哀しく、与太ばなしとしてもよくできていると思う。それにしても愛敬あふれたあの香具師の兄ィさん、いまどうしているのだろう。

戦前、あれほど高価な食糧品だった鶏卵が、戦後このかためっきりとその価値を下げ、お値段のほうもぐっと安くなったについては、養鶏業の構造変化に原因があるとされている。もともと食肉用に供するための養鶏が、鶏卵の需要激増にともなって、採卵養鶏に移行して多産系種が重用されるようになったのだ。そう言えば、養鶏場の人気種が名古屋コーチンより多産系の白色レグホンのほうが高くなったという記事を、どこかで読んだおぼえがある。

それにしても、鶏卵の価値も下ったものよと実感させられた小事件があったのは、何年前になりますか。世界の王貞治が、福岡ダイエー・ホークスの監督に就任したものの、チームは連戦連敗、業をにやしたファンが監督、選手の乗った移動用のバスに大量の鶏卵をぶつけたものである。

鶏卵をぶつけるといえば、こちらは記憶に新しい、村上春樹がエルサレム賞を受けたとき、イスラエルでのスピーチは感動的だった。きくところによると素晴しい英語だったそうだが、英語の駄目なこちらは新聞に紹介された日本語で読んで、「高く、固い壁とそれにぶつかると割れてしまう卵があれば、私はいつも卵の側に立つ」というくだりには、とりわけ胸しめつけられた。自分の立つ側を鶏卵にたとえて、それも、ぶつけるのではなく、「ぶつかると割れてしまう」という文学的表現にしびれました。

「偽書番附」の東の関脇に「日本帝國鶏卵史」を据えた手前もあって、一応この国の鶏卵の歴史など調べてみたのだが、平安時代の『延喜式』には、神前に米、酒、塩のほか、鶏二翼、鶏卵二十枚を供えた記録があるそうで、貴族社会の神事に、一部では鶏、鶏肉が用いられていたという。鶏二翼というのはともかく、鶏卵を一枚二枚と数えたとは知らなかった。

実際に日本人が鶏卵を食べることに抵抗感がなくなったのは、江戸時代になってからというから、意外に新しい。いったん食べ出すとその普及のほどははやかったようだが、そう簡単に庶民が口にできたとは思えない。そのあたりの事情は、貧乏長屋の花見に大家さんが用意した卵焼と称するものが、じつはたくわんだったという落話からもうかがうことができる。

落語のなかの卵焼と言えば、『王子の狐』も忘れられない一席だ。こちらは『長屋の花見』とちがって、正真正銘の卵焼、いや正確にはその卵焼を名物にしている料理屋が登場する。王子稲荷にお参りした帰り、草むらで狐が若い女に化けるところを見かけた男が、よせばいいのに逆に狐を化かしてやろうと、この狐を卵焼が売物の「扇屋」という近くの料理屋に連れこむのだ。

じつは最寄のJRの駅が王子という場所に住みついて、かれこれ三十年をこしてしまったのだが、住みついた時分、音無川のほとりに風情のある佇まいを見せていた、創業は江戸のころという扇屋を訪れて、名物の卵焼を賞味した。こんがりと釜焼された、一個で六、七人分という、厚さ五、六センチの逸品に舌つづみを打ったのである。三十年のあいだにバブルがあって、はじけて、扇屋も鉄筋のビルに生まれ変り、名物卵焼は店頭販売だけで、もっぱらデパート地階の食品売場の扇屋ブランドが主流になっているようだ。いまや洋食屋のオムレツ人気にとってかわられた感のある卵焼だが、幕の内弁当にあっては欠かせぬ存在になっている。欠かせぬといえば、昼下りの蕎麦屋でのむ酒にも卵焼は欠かせないが、不思議と蕎麦屋の卵焼にははずれが少ない。

卵焼、伊達巻のたぐいを代表とする和風鶏卵料理も、出汁かけ半熟卵、卵豆腐、卵じめ、茶碗蒸から卵のきんとんといろいろだが、シンプル・イズ・ベストの鉄則がここでもあてはまりそうなのが、そうです卵かけごはん。

映画評論家の品田雄吉さんから、こんなはなしをきいたことがある。

戦時中の学徒動員で、品田さんが農家に行かされたそうだ。昼食時間になって、みんなは庭先で持参の弁当をひろげたのだが、その農家のひとたちは、あたたかいごはんの上にてんでに卵をかけて食べるのだそうだ。それだけでも当時としては、農家ならではの贅沢なのだが、そのかける卵が家長だけ一膳の茶碗にふたつというのが、ひどくうらやましかったそうである。一膳の茶碗にふたつの卵なんて、一生食べる機会などないと、そう信じこんでいた私たち世代には、こういうはなしがとてもよくわかるが、飽食暖衣にならされたひとたちには面白くもなんともないらしい。それはそれで結構なことだと考えるしかない。食べることに不自由でない時代が、悪いわけはない。

一九八七年の十月だった。私たち東京やなぎ句会の一行が盛岡吟行に出かけた際、数千羽の鶏をはなし飼にしている牧場で昼食をご馳走になったのだが、みんながみんな大きな丼に山盛りされた牧場とりたての鶏卵で、卵かけごはんにいどんだのである。無論、ごはん少なめの茶碗に、ふたつたっぷりかけるのだ。久しぶりに価値ある卵を、価値ある食べ方で味わった気になった。

単純きわまる卵かけごはんだが、その食べ方にもいろいろの流儀があるのが面白い。たまたまこの盛岡で、各人各様の卵かけごはんの食べっぷりにふれたのだが、入船亭扇橋型と柳家小三治型のふたつに大別できるようだ。

扇橋型は、あらかじめ用意した別の容器に、鶏卵二個を落して、数滴の醤油を加えると、黄身と白身と醤油が渾然一体となるまで、相当の時間をかけてかきまわしてから、おもむろにごはん茶碗に流しこむのだ。これに対して小三治型だが、ごはんの上に落したふたつの卵に醤油を加えると、箸の先でほんの二、三度ほぐした程度で、すぐに口にはこぶのだ。

要するに、どこまでいっても同じ美味がいいとするか、黄身、白身、そして醤油、それぞれ単独の味と、この三つが微妙にまじりあった味をいっしょに味うか、ただこれ嗜好の問題にすぎないのでありますけれど、不肖私めは小三治型をもっぱらにしている。

食べ方の流儀はともあれ、鶏卵の美味の究極ここにありといった感すらある卵かけごはんを、この国以外の米を食する地域の人たちは一切口にしないというのが妙だ。食の天才たる国の中国にして、鶏に限らず家鴨や鴨の卵を生食する習慣はないようだ。朝食に卵料理の欠かせない欧米にあっても、すべて加熱したものが食卓に供される。

かの国の人たちには、刺身を平気で口にする日本人とちがって、生命を宿したものは生で食べてはならぬという考えが根づいているのかもしれない。嗜好の問題というより、思想の問題とするべきだろうか。

やの　せいいち　一九三五年東京生まれ。演芸・演劇評論、評伝、エッセイなどを執筆。『戸板康二の歳月』で大衆文学研究賞受賞。二〇一三年文化功労者に選出される。著書に『昭和食道楽』『昭和も遠くなりにけり』『芝居のある風景』などがある。

ねェねェ私のこと好き？

佐野洋子

家に犬がいる。足がダックスフントのように短くて、土管のような胴をし、その上に柴犬の顔をのっけている。そして、困ったようにまゆを八の字に寄せて「ねェねェ私のこと好き？」と一日中人間の顔をうかがっている。

私はそれがうっとうしい。なるべく犬と目を合わせないようにし、息子は発作的に寝床の中にひっぱり込んで、朝になって私にどなられ、恐縮するのは息子ではなくて、犬がこそこそ庭に降りていく。

あまり幸せな犬とはいえない。

お隣が、血統書つきのビーグル犬をもらってきた。ほとんど同時に、ご主人の田舎からつがいのチャボをもらってきた。ご主人は日曜日に立派なとり小屋をつくった。

奥さんは、「不用心だから犬飼ったんだけど、私犬嫌いなの。にわとりの方がずっとかわいいの、えこひいきしちゃうのよ。みそ汁の煮干しとか何でも残りものきざんで、まずにわとりにやっちゃって、その残りを犬にやるの。だって、にわとり卵産むの楽しみだもの」

「犬より、にわとりがかわいいって変わってるね」

私は別に自分の犬を特別かわいいと思っていないのに、人がにわとりをかわいいと思うと不思議なのである。

周りが林で人家がないので、私は自分の犬を時々くさりでつながないでいた。

日曜日に、くさりでつながないで、私と息子は三浦海岸に遊びに行き夕方の六時に帰ってきた。帰ってきた時犬がくさりにつながれていたので変だなと思って、またくさりをほどいておいた。九時に電話が鳴った。

お隣の奥さんだった。「あのね、今日にわとりの散歩を庭でさせといたら、モモ子（うちの犬）がにわとり追っかけたの。それで今、一匹お宅の屋根の上にいて、もう一匹は松の木の上にのっちゃって、それから見えなくなっちゃったの。だから、モモ子くさりにつないでおいたんだけど」

私は仰天し、恐縮し、大急ぎでモモ子をくさりにつなぎ、うちの屋根を見たら、おんどりが一匹屋根にうずくまっていた。私は隣に出かけ、どうやってにわとりをつかまえようかと、見えなくなっためんどりのことを心配した。

息子は、「へー、モモ子、やるもんじゃん」と、自慢みたいに言い、私は困った犬だ、それよりも犬をつながなかった私が悪かったとめんどりの行方が気になって、寝た。

次の日六時半に起きた。私は近眼で、朝コンタクトレンズを外しているので、すべておぼろである。犬小屋の前を見ると鮮やかなピンクの固まりがある。私は何だろうと思って、顔を思いっ切りその固まりに近づけた。鳥の羽根がちらばっていた。私は悲鳴を上げた。そして二度とそれを見られなかった。

息子は私の悲鳴でおきてきてしげしげと鳥を見て、「この鳥何だろう」と言っている。私は隣のドアをたたきながら、「鳩《はと》かもしれない、からすかもしれない」と自分に言いきかせた。

ブルーのパジャマを着たご主人が下駄《げた》をはいて犬小屋の前に立ち、「チャボだ」と小さい声で言った。

「どうしよう」私は大声をあげたがどうしようもないのである。

スコップを持って、パジャマのまま、隣のご主人は穴を掘ってうめ、ガウンを着た奥さんがそれを立って見ていた。

「ごめん、ごめんね、どうしよう」私は叫び続けた。

奥さんの犬よりも好きなにわとりを、うちの犬がたべちゃった。たぶん、昨夜の六時にはにわとりはどっかの木に生きていたのだ。そして九時までの間につかまえて、犬小屋の中に入れていたに違いない。夜中につながれた犬の前にのこのこチャボが降りてきたとは考えられない。

「犬だもの、仕方ないわよ」奥さんは言ってくれた。

モモ子は、自分のまわりに人が集まってきたのでしっぽなんかふっている。

十分いただいてお腹《なか》いっぱいなので、うめられた獲物にも未練はないらしく、やたらに元気がいいのである。

私はこれがもとでお隣と具合が悪くなったらどうしよう。犬をくさりでつながなかった私にどう考えても非がある。私はウロウロと午前中家の中をうろつきまわり、どうお隣にあやまったらいいのかわからない。

私は思いきって電話をした

「ねえ、お昼一緒にごはんたべない？」

「いいわよ」

「じゃ、出来たら、電話する」

私は冷蔵庫をあけて、あるものをかき集めて、大急ぎで夢中で昼ごはん作り、テーブルに並べて、電話した。

すぐに奥さんが玄関から入ってき、入ってきた時、私はとび上がってしまった。

私は親子ドンブリを作ってしまったのである。

「どうしよう、どうしよう、ごめん、どうしよう」私はまた叫んだ。

「どうしたの」

「親子ドンブリ作っちゃった。わざとじゃないの、わざとじゃないの」

私は失神しそうだった。その時隣の奥さんは言ったのである。

「あら平気よ、わたし今朝とりのからあげ食べたわ」

モモ子は奥さんを見てうれしそうにしっぽをふっていた。そして相変わらずの八の字まゆで「ねェねェ私のこと好き？」ときいているのである。

さの　ようこ　一九三八年北京生まれ。絵本作家、エッセイスト。代表作である絵本『100万回生きたねこ』はロングセラーに。エッセイ集に『神も仏もありませぬ』『役にたたない日々』『シズコさん』などがある。二〇一〇年没。

茹玉子

水野正夫

玉子好きを錯覚して、妙な物を呉れる人がいる。

あの玉子を正方形にしてしまう道具である。

勿論生玉子では出来ないから、茹玉子、茹立ての皮を剝いて、暖かいうちにその箱の中へ押し込め、上からこれも附属のプレス式の蓋を締めつけて置くと、あーら不思議、真四角な茹玉子が出来上る。

丁度大きめのサイコロになる。

よくこれで子供達をだましたものだが、中には、どうして黄身が四角じゃないの、と云われて答に詰まった事もある。

玉子は好き、と云うよりも、玉子のあの何とも動かし難い姿が好きな訳だが、それでも今迄、随分玉子のお世話にはなってきた。

イタリーの田舎を汽車で旅していると、途中の駅で売っている駅弁の茹玉子。

駅弁とは云ってもこちらは折詰になった幕内弁当ではない。手の付いた茶紙の袋に、いろいろな材料が入っている。パンの一切れ、チーズ少々、ワインの小びん、果物一個、リンゴが多い。それにこの茹玉子、そうそうハムが一切れ位も。

こういう材料をアレンジして各々が好きなようにして食べる訳だが、その中でも茹玉子だけは子供の頃、そして成人してからも、日本で食べたものとそっくり同じで、三年許りのヨーロッパ暮しの中で、そしてこのイタリーの旅で、そぞろ日本への郷愁を味わったものである。

茹玉子は、そう云えば、どこで食べても同じ味。今のように物の味が不味くなったと云われても、例えば鶏の味がこれ程違うようになっても、玉子は、特に茹玉子の味はそうは違わないと思うがどうだろう。

この頃では弁当用として、茹玉子の羊羹？　も出来ているという。

というのは、普通の茹玉子、これは輪切りにすると、真中はいいが、前後の所は必然的に小さくなり、黄身も無い。そこでどこで切っても同じ型を取る為に、芯を黄身にした白身包みの羊羹が出来上ったのである。

その茹玉子、これ以上の味はないと思って食べた事がある。

今想い出しても、あれ位鮮烈なおもいで茹玉子を食べた事はない。

あの大東亜戦争の真最中、私の生家、名古屋の熱田《あつた》もB29の猛爆を受けた。

その頃私は東京外語の学生。東京も危なくなったので帰郷中、その時我家も丸焼け。

商家だった大きな家を、兄と二人で最後迄守りつづけたが、あの猛火には如何ともしがたく、表は兄に任せ、私は誰も居ないガランとした家の中へ戻った。

誰も立ち働いていない台所の土間は、妙に広さを感じた。

そして人の居るように全ての物がそのままだった。

あの猛火の最中、冷静に辺りを見渡して、さてどうしようかと考えた。このままこの家が焼けたら、寝る事、当座食べる事……。

先ず家中のふとんを持ち出して井戸の中へ放り込んだ。

その井戸は勿論手押しだが、内側が二重になっていて、水のある所は金網でカバーしてあり、その囲りはぐるっと空地のようになっていた。

とにかく、その所へふとんを投げ入れた。

さてと、今度は食糧、開きになった押入れを開けるとあるわあるわ、その日に田舎から届いた米が大きな米櫃に一杯。そしてこれは、大ざるに山盛りの玉子、優に百個はあったと思う。

自転車を持って来て米櫃を荷台にくりつけたが、玉子はどうにも持てなくなった。

井戸を覗いたが、これだけの玉子を放り込んだら、これはいくらふとんの上でも割れるのは理の当然。

さてどうしよう、と、庇に火の付いた土間に立って考えた。

その時井戸の前の大きな水瓶が目に入った。人間が二人位は入れそうな水瓶は、何時も井戸から水を汲み入れては使っていた。

ざるごと持って当《あて》がってみたら、入る。よし、とばかりにそのまま手を離した。ざぶーッ、という気持のよい音を立て、玉子百個は瓶の中へ、そして屋根の焼け落ちそうな気配の家を後にして一目散に自転車に乗って逃れ出た。

その翌朝。

煙でしょぼしょぼした赤い目で、家中のものが何もない、見違えるように何もない我家へ戻って来た。

生れてから初めて見る、我家の広さ。思ったより狭い我家の跡であった。そこで見た異様なもの。囲りの煤けた、煙ったい、余燼《よじん》の残った辺り一帯等しく汚れた中に、一際美しく白い大きな塊が目に入った。

ざるに積み上げられた、見事な茹玉子がひとつも壊れる事もなく、ピラミッド状に聳えていた。

水瓶の囲りはきれいに割れて、残った底だけが具合よく、蒸器のような具合にざるを支えていた。

近所の人も誰かれとなく、この異様な玉子の塔に近づいて来た。

触ったら、ほんと、今茹で上げたように、熱い玉子の殻の感触があった。

美味かった。

一晩中ほっつき歩いた末にありついた、初めての食べもの。

父が云った。

「そりゃそうだろう。家一軒焼いて茹でた玉子だもの、美味くない訳はないよ」

みずの　まさお　一九二八年愛知県生まれ。服飾デザイナー。文化学院油絵科在学中に中原淳一が創刊した少女雑誌『ひまわり』に子供服のデザイン画を描く。三年間のパリ留学後、クーチュール水野を開く。著書に『もっと美的に暮らしたい』『着るということ』など。二〇一四年没。

スポーツマンの猫

堀江敏幸

自動ドアをくぐりぬけて空いている席に座ろうとすると、白い割烹着に三角巾をつけた小柄なおばさんが、まだ食べるとも飲むとも意思表示をしていない私に、いきなり、モーニングセットはいかがですか？　と勧めた。なるほど、セットならば食べるほうも飲むほうも入っているわけで、店の側としては、客の意向を読む必要のない楽な台詞である。

はじめての町の駅まえで、いちばん暇そうに見えたから選んだにすぎないのだが、あらためて店内を見わたせば、入口はひとつだが真ん中で左右に分かれていて、右側がパン屋、左側がカフェになっている。私が歩いていた通りからはそのカフェの掲示が死角になっていたのでパン屋の喫茶部だとばかり思っていたのだが、ちゃんと食事もできるのだった。

朝を抜いたまま出てきてしまったので、正直なところ、私はおなかをすかせていた。じゃあそれをお願いしますと言うと、間髪を入れずに、どちらのセットになさいますか、とおばさんがふたたび問いかけた。ハムエッグか、ただの目玉焼きか、どちらかをお選びいただけます、ハムつきですと五十円高くなりますけれど、こちらのほうがぜったいおいしいと思いますよ、スパゲッティサラダとゆで卵はどちらにもついています、と親身になって説明してくれる。

頭のなかでよく整理するため、私は正面の壁にずらりと貼られているメニューを読み返すふりをして十五秒ほど時間を稼いだ。おばさんはそのあいだ、カウンターのうえに妙に毛深い指をそろえて、私のほうをじっと見つめていたのだが、左右の指の関節に等しく力がいきわたり、みな弓のかたちに反っているにもかかわらず柔らかそうなことに、意味もなく感心したりした。財布の中身と相談して迷っているとでも思ったのだろう、同情のまなざしでおばさんは辛抱づよく注文を待っていた。

「どちらのセットにも、ゆで卵がついてくるんですね?」とようやく私は口を開いた。

「ハムがあるかないかだけのちがいです。ハムつきは、五十円高くなります」

「それは先ほどうかがいましたが、目玉焼きがあるのに、ゆで卵がついてくる、つまり、セットのなかには卵でできたものが二種類ある、と解釈してよろしいんでしょうか?」

そのとき私たちのあいだに訪れた沈黙の深さは、いかほどであったろうか。さまざまな物音が満ちているのに、そこにだけ消音機能がかかって音圧が一気に下がったようだった。おばさんは顔面蒼白、自慢の息子が不祥事を起こして警察に捕まったみたいな恐縮のしかたで、それは、いままで、考えたこともございませんでした、と小声で言う。どうしてこんな馬鹿なまちがいをしでかしたのか、悔やんでも悔やみきれないといった口調で、些細なことを指摘したこちらが罪悪感を感じるほどの狼狽ぶりである。

世の中には卵の味が苦手なひとや、深刻なアレルギーをもっているひとがいるけれど、私はオムレツも目玉焼きもゆで卵も好きだし、卵が原因で体調を崩した経験もない。卵づくしと銘打っているわけでもないモーニングセットに、おなじ素材が重なるのはまことに遺憾だと思って指摘したまでのことであって、他意はなかった。ゆで卵のかわりにバナナや徳用パックのヨーグルトなどを添えれば見栄えもよろしいのではないでしょうか、と進言しようとしたのだが、それは控えた。まずは注文をしなければならないのだ。

「じゃあ、ハムのあるほうをお願いします、ゆで卵もそのままで」

おばさんはふいに職業人としての自負を取りもどし、珈琲と紅茶とどちらがよろしいですかと落ち着いた声でたずね、珈琲でという返事を得てようやく毛深い三つ指の呪縛を解くと、やわらかそうなてのひらを返して、どうぞ座ってお待ちくださいと言う。私は駅で買ったばかりの新聞を開いて釣り情報にざっと目を通し、その下に「スポーツマンの猫あらわる」という謎めいた記事を発見してちょっと興奮したのだが、そこでカウンターからどうぞと声がかかって、ようやくこの店がセルフサービスだと気づいた。神妙にトレーを受け取ると、ゆで卵はわざとなのか落としたのをごまかしたのか、底をすこし砕いて立たせてあり、ハムエッグにはなぜか艶やかな削り節がかかっていて、香ばしい匂いからすると醤油が垂らしてあるようだ。思わぬ和風のはからいにびっくりして突っ立っていると、おばさんは三角巾の横から先のとんがった茶色い大きな耳をのぞかせて幅広のカウンターを鮮やかなベリーロールでひょいと飛び越え、今日は私がお持ちいたしましょう、と笑みを浮かべた。

ほりえ　としゆき　一九六四年岐阜県生まれ。小説家、フランス文学者。早稲田大学文学学術院教授。「熊の敷石」で芥川賞、『雪沼とその周辺』で谷崎潤一郎賞、木山捷平文学賞、『河岸忘日抄』『正弦曲線』で読売文学賞、『なずな』で伊藤整文学賞、『その姿の消し方』で野間文芸賞受賞。

やんなった

千早　茜

年の瀬のことだ。仕事用のパソコンが壊れた。

予感はしていた。数ヶ月の間、調子が悪い……と気づいていながら騙し騙し使っていたのだ。パソコンというものはいつも、最も壊れて欲しくないタイミングで壊れる。そういう風に作られているとしか思えない。よりによって師走に、とすぐさま専門業者に連絡した。

送ってください、と言われた。アナログな私はモニターやら複合機やらハードディスクやらを繋いでいる線をどう外せばいいかわからない。外したが最後、二度と元の状態に戻せない気がする。電話口の相手に確認しながらひとつひとつ外していく。ようやく終了し、ハードディスクを梱包しようとしたが、ずっと仕事机の下にもぐっていたので足がすっかり痺《しび》れていて、見事な尻餅をついてしまった。転がるハードディスク、散らばる部品、「うああああ‼」と焦る私。電話の相手は笑いを噛み殺している。いや、しっかり笑っていたと思う。

なんとか梱包を終え、よれよれになりつつも夕飯の支度をしようとすると、続けざまに宅配便がきた。知人や親戚からのお歳暮のようだ。すべて「食品」とあるので、とりあえず開封しなくてはいけない。ぽんかん、日本酒、干し柿……ああ、正月の用意をしなくてはいけないな……菓子、健康茶、加賀蓮根《れんこん》に丸芋……。

丸芋⁉　二度見する。初めての食材だった。真っ黒で、赤子の頭くらいあり、おがくずに包《くる》まれている。おがくずで守られている芋は見たことがない。ずんぐりと硬そうで、芋を軽視するわけではないが（私は大の芋好きだ）、芋は新聞紙でよくない？　と思ってしまう。どう保存したらいいかわからなかったので調べてみる。ああ、まったく夕飯の支度が進まない。パソコンが壊れた日に未知の食材に向き合いたくないんだよ、とため息がもれる。

丸芋は高級食材のようだった。山芋の一種で大変粘りが強く、すりおろしたものを箸でつまみあげることもできる、とある。ならば、夕飯の一品に加えるか、とラップを剝がすと手が滑った。落ちる！　高級食材！　と慌てて手を伸ばし、床すれすれで摑《つか》んだ。感覚的には球技のイメージだった。が、丸芋は見た目はボールだが、砲丸並みに重かった。中指の爪がミキッと嫌な音をたてた。刺すような痛み。恐る恐る手を見ると、剝がれかけた爪から赤い血がつうっと流れた。台所の床に散乱するおがくず。まだ米すら炊けていない。

一瞬、叫びそうになった。すっと息を吸って、その衝動を抑え、そろりと息を吐いた途端に体からがっくりと力が抜けた。

もう、なんか、やんなった。

段ボール箱もおがくずも食材もそのままにして、台所をでて、自室のソファで膝を抱えて座る。本当はベッドに入りたかった。なにもかも投げだして不貞寝《ふてね》してしまいたい。

料理は好きだ。でも、さすがにこれはしんどい。もう台所に行きたくない。中指の先が火がついたように熱くて、とても怖い。見たくない。そのとき、ふっと、だて巻き事件を思いだした。

だて巻き事件。それは、実家にいた頃、師走になると家族の間でひっそりと語られた、ある年末の出来事だった。

母は真面目な性分だ。器用で、手際も良く、複数のことを同時にできるタイプだった。その自負もあったと思う。物事を完璧にこなそうとする彼女にとって、正月はその手腕の見せ所だった。元日の我が家はどこもかしこも清潔で、縁起物の花が飾られ、テーブルにはずらりとご馳走がならんでいた。重箱にはお手製のお節《せち》が三段きっちりと詰まっていて、雑煮の餅も家で作ったものだった。新年の挨拶をしたら、朱塗りの盃《さかずき》のお屠蘇《とそ》とお年玉をもらい、食後は菓子を食べながら年賀状を眺める。

そんな華やかで長閑《のどか》な正月を迎えるためには、相当の準備が必要だということを小さい頃の私は知らなかった。ただ、年末は母が妙にぴりぴりするな、とは思っていた。

ちなみに、近所のスーパーには年末が近づくと「お正月用品ご準備リスト」なるものが置かれる。そのリストの凄《すさ》まじさたるや、「野菜・果物」の項目だけで二十種類、「調味料・乾物」の項目にいたっては三十五種類ある。ご丁寧にも、大根はふつうのものと「雑煮大根」の二種類が書かれているので京都だけかもしれない。もちろん「白味噌」も書いてある。祝い箸や鏡餅、ポチ袋なんかを入れると九十三種類だった。一家庭で九十三種類！　それを購入し、家に運び、加工したり盛りつけたり飾ったりする……気が遠くなった。そもそも家庭用冷蔵庫に入る気がしない。結果、私は、やーめた！　と正月は自由に食べたいものを食べることにした。

しかし、団塊世代の主婦であった母は真面目にお節を作っていた。私もなます用の野菜の千切りや栗《くり》きんとん用のさつまいもの裏ごしなどは手伝っていた。しかし、そんなもの正月準備の中の氷山の一角だ。大掃除や年賀状書きだってあるのだから。そして、なにより正月準備に労力を割いている間も日常は存在する。黒豆をことこと煮たりしながら、掃除洗濯をし、ふだんの食事も作らなくてはいけないのだ。私が遊び半分にお節を手伝っていたとき、母がやけに「レシピちゃんと見て。分量を間違えないでね」と言っていたのは、失敗するとその分の材料をまた買いにいく手間がかかるからだった。

お節なんて一年に一回しか作らない料理だ。ふだんの食卓に昆布巻きとか田作りとかがならぶだろうか。失敗するに決まっている。それでも、大晦日の前日、母は持ち前の真面目さと器用さで一品一品美しく仕上げていった。しかし、台所での作業が長くなるにつれ疲弊してきたのだろう。だんだん鼻歌も聞こえなくなり、騒ぐと叱られるようになったので私と妹と父はそれぞれの部屋で静かに過ごしていた。夕飯が遅れているのに気づいていたが誰もなにも言わなかった。外はもう真っ暗。そんなとき、台所から母の絶叫が聞こえた。

「もう、いやー!」

あとに続く、言葉にならない泣き声まじりの叫び。なんだなんだと台所に行くと、巻きすの上には棒状になった玉子焼きらしきものがいくつか。母は床に突っ伏している。棒状の玉子焼きはだて巻きのようだった。だて巻きはきちんと作ると手間がかかる。白身をすり、裏ごしをして卵液と混ぜ、焼き、まだ熱いうちに巻かなくてはいけない。かたく焼きすぎたのか、冷めてから巻いてしまったのか、巻こうとしたときにメキッメキッとだて巻き（巻かれていないから、だて？）が折れて棒状になってしまったようだ。「こんなになっちゃったら巻けない！」「もう市場もやってないのに！」と母は泣きながら叫び、よろよろと居間に行くとソファでぐったりとしてしまった。

もう、やんなっちゃったんだな、と思った。

正直なところ、正月にだて巻きがあってもなくてもどちらでもよかった。しかし、巻けなかったことでこんなにも意気消沈してしまった人の前でそんなことを言っても慰めにならない。

そのとき、ザ・理系で合理主義の父が言った。

「味は変わらないだろ」

ああ……と天を仰いだ。

私だったら、この一言でお節に対する情熱は失われる。

その後どうなったかはよく覚えていない。けれど、あまりに根を詰めすぎると良くない、と諭すときに「だて巻き事件」は家族の間でそっとささやかれた。しかし、母のお節に対する情熱は失われず、今も年末には作り続けている。昔ほど無理はしなくなったが。

私は私生活では真面目ではないし、家事を完璧にこなそうとは思ったことがない。家のことは仕事の息抜きとして、わりと楽しくやっている。それでも、なにか不慮の事態が続いて、ふだんならできることがすっかり嫌になってしまうことはある。欠かすことのできない食事なだけに、考えたり準備したりするのが「やんなった」ということは多々起こり得る。そんなときに「ピザでもとろうぜ！　いえーい！」みたいな空気を変える提案をするのが、一緒に暮らすものの役割なんじゃないかなと大人になった今は思う。

ちはや　あかね　一九七九年北海道生まれ。小説家。『魚神』で小説すばる新人賞、泉鏡花文学賞受賞。『あとかた』で島清恋愛文学賞、『透明な夜の香り』で渡辺淳一文学賞、『しろがねの葉』で直木賞受賞。食にまつわるエッセイ集「わるい食べもの」シリーズがある。

ゆでたまご

向田邦子

小学校四年の時、クラスに片足の悪い子がいました。名前をIといいました。Iは足だけでなく片目も不自由でした。背もとびぬけて低く、勉強もビリでした。ゆとりのない暮らし向きとみえて、衿《えり》があかでピカピカ光った、お下がりらしい背丈の合わないセーラー服を着ていました。性格もひねくれていて、かわいそうだとは思いながら、担任の先生も私たちも、ついIを疎《うと》んじていたところがありました。

たしか秋の遠足だったと思います。

リュックサックと水筒を背負い、朝早く校庭に集まったのですが、級長をしていた私のそばに、Ｉの母親がきました。子供のように背が低く手ぬぐいで髪をくるんでいました。かっぽう着の下から大きな風呂敷《ふろしき》包みを出すと、

「これみんなで」

と小声で繰り返しながら、私に押しつけるのです。

古新聞に包んだ中身は、大量のゆでたまごでした。ポカポカとあたたかい持ち重りのする風呂敷包みを持って遠足にゆくきまりの悪さを考えて、私は一瞬ひるみましたが、頭を下げているＩの母親の姿にいやとは言えませんでした。

歩き出した列の先頭に、大きく肩を波打たせて必死についてゆくＩの姿がありました。Ｉの母親は、校門のところで見送る父兄たちから、一人離れて見送っていました。

私は愛という字を見ていると、なぜかこの時のねずみ色の汚れた風呂敷とポカポカとあたたかいゆでたまごのぬく味と、いつまでも見送っていた母親の姿を思い出してしまうのです。

Ｉにはもうひとつ思い出があります。運動会の時でした。Ｉは徒競走に出

てもいつもとびきりのビリでした。その時も、もうほかの子供たちがゴールに入っているのに、一人だけ残って走っていました。走るというより、片足を引きずってよろけているといったほうが適切かもしれません。Iが走るのをやめようとした時、女の先生が飛び出しました。

名前は忘れてしまいましたが、かなり年輩の先生でした。叱言《こごと》の多い気むずかしい先生で、担任でもないのに掃除の仕方が悪いと文句を言ったりするので、学校で一番人気のない先生でした。その先生が、Iと一緒に走り出したのです。先生はゆっくりと走って一緒にゴールに入り、Iを抱きかかえるようにして校長先生のいる天幕に進みました。ゴールに入った生徒は、ここで校長先生から鉛筆を一本もらうのです。校長先生は立ち上がると、体をかがめてIに鉛筆を手渡しました。

愛という字の連想には、この光景も浮かんできます。

今から四十年もまえのことです。

テレビも週刊誌もなく、子供は「愛」という抽象的な単語には無縁の時代でした。

私にとって愛は、ぬくもりです。小さな勇気であり、やむにやまれぬ自然の衝動です。「神は細部に宿りたもう」ということばがあると聞きましたが、私にとっての愛のイメージは、このとおり「小さな部分」なのです。

むこうだ　くにこ　一九二九年東京都生まれ。映画雑誌の編集者やラジオ番組の放送作家などを経て、テレビドラマの脚本家に。「寺内貫太郎一家」「阿修羅のごとく」などの名作を執筆。『父の詫び状』などの小説でも注目を集める。八一年、取材旅行中の飛行機事故により他界。

カイロの卵かけごはん

西　加奈子

小さい頃、父の仕事の都合で、イランとエジプトに住んでいた。

生まれたのはイランで、2歳までいたのだが、残念ながらまったく覚えていない。イランの病院で母がどんな風に私を産んでくれたか、どんな毎日だったかを聞き、写真で見ては、想像を巡《めぐ》らせるだけである。

でも、エジプトのことは、はっきりと覚えている。小学校1年生から、4年間暮らしていたので、なんていうか、今の私を形成したと言ってもいいと思う。

よく皆に、「エジプトではどんな食べ物を食べていたの？」と、聞かれる。

私は、そのたびに、現地の変わった料理を言いたい感情を、ぐっとこらえる。そして、こう言う。

「なんか、普通のごはん……」

朝は、あんまり食べられないからトーストと紅茶を少しだけ。

お昼は、母が作ってくれたお弁当、大好きだったのがほうれんそうと炒《い》り卵と肉そぼろをごはんに載せた三色弁当で、遠足のときはちらし寿司とエビフライが定番だった。

夜はハンバーグやカレー、コロッケに天ぷら、父の好きな湯豆腐の日もあったし、魚の煮付けで私と兄の機嫌が悪い日もあった。

とにかく、日本に住んでいる皆と、変わらない食生活を送っていたのだ。

今となっては、もっとカイロらしいものを食べておけば良かったと、悔やむこともあるが、当時は、毎日食べる日本食が、本当に、有難かった。

その食卓を支えてくれていたのは、母だった。

まず、材料だ。野菜や魚、肉や米はもちろん、カイロにも売っているのだが、日本のものとは違う。

八百屋さんの野菜は、立派で美味しそうなのだが、生では食べられないし、魚は、日本のお魚屋さんのように、内臓を取ってさばいて、なんてことはしてくれない。

肉は、店先に尻尾のついた牛がぶらさがっているような有様、イスラム教の国なので豚がなかなかなく、鶏は頭がついたまま売られている。気持ちが悪いので「頭を切ってくれ」と言うと、切った頭をご丁寧に一緒に袋に入れてくれていたこともある。

お米は、たくさんの石と死んだ虫入り、洗う前にまず、お米をテーブルに広げ、ピンセットで石と虫をひとつひとつ取っていく作業から始まる。母はその作業に、数時間かけていたと思う。おかげで兄のお弁当を見た同級生が、「まっしろで綺麗、日本米？」と聞いてきたこともあるそうだ。日本米は、大変贅沢《ぜいたく》なものだったのである。

パンもあったが、カイロの主食はエイシュ、というナンをぺちゃんこにしたようなもの。食パンやロールパンなども売っていたが、ぼそぼそしていて、日本の食パンのようにまっしろでふわふわ、なんてことは、絶対になかった。パンといえば、こんなことがあった。父が、日本に一時帰国した際、パン焼き器なるものを買ってきた。付属の小麦粉や材料を入れてスイッチを押すと、食パンが出来ている、というしろものだ。

早速作ってみると、日本で食べた、まっしろいふわふわの食パンが！　しかし付属の材料がなくなり、カイロの小麦粉でもう一度作ると、わら半紙のような色をした、ぼそぼその食パンになった。やはり、材料が良くないとだめなのだ。がっかりした。

私たちが帰る頃には、日本食のスーパーもちらほら出来ていたが、母はお豆腐やこんにゃくも、日本から送られてきた粉末の素《もと》から、手作りしていた。お豆腐の味噌汁、なんて簡単に言うが、とても貴重な食べ物だったのだ。

そんな中でも当時、私たちの中で、「今、何が一番食べたい？」と聞かれたらまっさきに答えていたのが、「卵かけごはん！」である。

野菜でさえ生で食べられない有様なのだから、生卵なんて、とても無理だった。

日本に一時帰国をした人が、壊れてしまうからと機内に持ち込んで、膝《ひざ》の上で大切に抱えて持って来てくれるのだ。CAも、驚いただろう。立派な大人が、生卵のパックを抱えて搭乗してくるのだから。

生卵は、王様みたいだった。石と虫を丁寧に取り除いた、炊《た》きたてのごはんにその卵をかけて、これも貴重なお醤油を垂《た》らして食べた、卵かけごはんは、今食べるそれとは、もちろん、全然、全然違っていた。

日本に帰って来て嬉しかったのは、街の清潔さや、テレビが好きなだけ見れることや、滅多にゴキブリに会わずに済むこと、などたくさんあるが、やはり食事である。

スーパーに並べられた、色とりどりの形の揃った野菜、石や虫なんてまったく混じっていないお米、パックに入れられた鮮やかな肉と、蠅《はえ》のたかっていない新鮮な魚。ネギのみじん切りがパックで売られているのを見た母などは、言葉を失っていた。

帰国してから、もう20年ほど経つが、実は、カイロで食べた、あの卵かけごはんほど美味しいものには、まだ出会えないでいる。

あのときの私にあって、日本に住んでいる私にないもの。それは、「不自由さ」だろう。手間がかかったり、何かが足りなかったり、だからこそ、一度の食事がとても美味しく、有難く感じられたカイロの生活。

食生活において、ひいては恋愛や、仕事においても、少しばかりの「不自由さ」というのが、思いがけない幸せをもたらしてくれるものである。でもそれを忘れ、私は今日も、たくさんの食べ物の中から、自分の食べたいものを選び、悠々と、食べている。

にしかなこ　一九七七年テヘラン生まれ。小説家。カイロ、大阪で育つ。二〇〇四年に『あおい』でデビュー。『サラバ!』で直木賞受賞。移住先のカナダでの乳がん治療について綴った『くもをさがす』で読売文学賞受賞。その他の著書に『夜が明ける』『わたしに会いたい』など。

収録作品および底本

「卵」辰巳芳子（『味覚旬月』ちくま文庫）
「玉子」高山なおみ（『たべもの九十九』平凡社）
「極道すきやき」宇野千代（『私の作ったお惣菜』集英社文庫）
「プレーンオムレツ」阿川佐和子（「ミセス」二〇二〇年十一月号　文化出版局）
「おうい卵やあい」色川武大（『喰いたい放題』光文社文庫）
「卵焼きキムパプ」平松洋子（『ひさしぶりの海苔弁』文春文庫）
「ピータンのタン」新井一二三（『青椒肉絲の絲、麻婆豆腐の麻』筑摩書房）
「親子の味の親子丼」東海林さだお（『親子丼の丸かじり』文春文庫）
「未観光京都」「続・卵焼きサンド」「卵サンド、その後のその後」「たどり着いたほんものの味！」角田光代（『晴れの日散歩』オレンジページ）
「幸福の月見うどん」稲田俊輔（『おいしいものでできている』リトルモア）
「卵料理さまざま」阿川弘之（『食味風々録』中公文庫）
「鏡タマゴのクレープ」「神父さんのオムレツ」「タイの焼きタマゴ」玉村豊男（『パンとワイ

ンとおしゃべりと』中公文庫）
「残り物の白身を使ってフリアンを」甘糟幸子（『料理発見』アノニマ・スタジオ）
「温泉玉子の冒険」嵐山光三郎（『素人庖丁記　カツ丼の道篇』講談社）
「たまごを数式で表した偉人たち」小林真作（「ソムリエ日記」小林ゴールドエッグ）
「冷凍食品の話」西村淳（『面白南極料理人』新潮文庫）
「たまごシールとわたし」ひらいめぐみ（『おいしいが聞こえる』）
「卵酒」小泉武夫（「酒博士　小泉武夫先生が語る〝酒噺〟」白鶴酒造）
「ゆで卵」鎌田實（『楽しむマナー』中公文庫）
「フライパン問題と目玉焼き」江國香織（『やわらかなレタス』文春文庫）
「ジャンクスイーツの旅」「迷路の卵」若菜晃子（『旅の彼方』アノニマ・スタジオ）
「塗り椀の卵　微妙に重い」片岡義男（「読売新聞」二〇一六年一月二九日夕刊）
「オフ・ア・ラ・コック・ファンタスティーク──空想半熟卵──」森於菟（『「あまカラ」抄2』冨山房百科文庫）
「鶏卵」矢野誠一（『昭和食道楽』白水社）
「ねェねェ私のこと好き？」佐野洋子（『でもいいの』河出文庫）

「茹玉子」水野正夫（「現代」一九八五年五月号　講談社）
「スポーツマンの猫」堀江敏幸（『アイロンと朝の詩人　回送電車Ⅲ』中公文庫）
「やんなった」千早茜（『しつこく　わるい食べもの』集英社文庫）
「ゆでたまご」向田邦子（『男どき女どき』新潮文庫）
「カイロの卵かけごはん」西加奈子（『ごはんぐるり』文春文庫）

編集付記

一、本書はたまごにまつわるエッセイを独自に選んで編集したものです。中公文庫オリジナル。

一、本書で取り上げている店舗の住所、商品価格等の情報は発表当時のものです。

一、本文中、今日の人権意識に照らして不適切な語句や表現が見られますが、発表当時の時代背景と作品の文化的価値を考慮して、底本のままとしました。

中公文庫

たまごだいすき

2025年1月25日　初版発行

編　者　中央公論新社《ちゅうおうこうろんしんしゃ》

発行者　安部順一

発行所　中央公論新社
〒100-8152　東京都千代田区大手町1-7-1
電話　販売　03-5299-1730　編集　03-5299-1890
URL https://www.chuko.co.jp/

DTP　ハンズ・ミケ
印　刷　三晃印刷
製　本　小泉製本

Published by CHUOKORON-SHINSHA, INC.
Printed in Japan　ISBN978-4-12-207605-1 C1195

中公文庫既刊より

各書目の下段の数字はＩＳＢＮコードです。978－4－12が省略してあります。

ち-8-1
教科書名短篇　人間の情景
中央公論新社 編
司馬遼太郎、山本周五郎から遠藤周作、吉村昭まで。人間の生き様を描いた歴史・時代小説を中心に中学教科書から厳選。感涙の12篇。文庫オリジナル。
206246-7

ち-8-2
教科書名短篇　少年時代
中央公論新社 編
ヘッセ、永井龍男から山川方夫、三浦哲郎まで。少年期の苦く切ない記憶、淡い恋情を描いた佳篇を中学教科書から精選。珠玉の12篇。文庫オリジナル。
206247-4

ち-8-9
教科書名短篇　家族の時間
中央公論新社 編
幸田文、向田邦子から庄野潤三、井上ひさしまで。かけがえのない人と時を描いた感動の16篇。中学教科書から精選する好評シリーズ第三弾。文庫オリジナル。
207060-8

ち-8-10
教科書名短篇　科学随筆集
中央公論新社 編
寺田寅彦、中谷宇吉郎、湯川秀樹をはじめ、岡潔、矢野健太郎、福井謙一、日髙敏隆七名の名随筆を精選。国語教科書の名文で知る科学の基本。文庫オリジナル。
207112-4

ち-8-3
考えるマナー
中央公論新社 編
悪口の言い方から粋な五本指ソックスの履き方まで、大人を悩ますマナーの難題に作家十二人が応える秀逸な名回答集。この一冊が日々のピンチを救う。
206353-2

ち-8-4
楽しむマナー
中央公論新社 編
粋なおごられ方から成仏の方法まで、作家や科学者13人が大人の悩みをするっと解決！　しんどい心のコリに効く、楽しいマナー考。（『マナーの正体』改題）
206392-1

ち-8-15
惚れるマナー
中央公論新社 編
よその家のトイレ作法から、祖母になるときの心得まで。人気作家や芸人など九人が日常の小さな悩みと格闘するエッセイ一〇三篇。マナーの難問が大人を磨く。
207344-9

各書目の下段の数字はISBNコードです。978－4－12が省略してあります。

な-78-1
中央線小説傑作選
南陀楼綾繁 編
井伏、太宰をはじめ多くの文士が居を構えた「中央線」沿線。私小説からミステリまで、鉄道が織りなす時間と風景を味わう傑作アンソロジー。文庫オリジナル。
207193-3

な-78-2
中央線随筆傑作選
南陀楼綾繁 編
御茶ノ水、四谷、新宿、高円寺、阿佐ケ谷、荻窪、三鷹、国立……。中央線を舞台にした四二編のエッセイ。車窓から人生の断面が浮かび上がる。文庫オリジナル。
207561-0

あ-13-6
食味風々録
阿川 弘之
生まれて初めて食べたチーズ、向田邦子との美味談義、海軍時代の食事話など、多彩な料理と交友を綴る、自叙伝的食随筆。〈巻末対談〉阿川佐和子〈解説〉奥本大三郎
206156-9

あ-60-1
トゲトゲの気持
阿川佐和子
襲いくる加齢現象を嘆き、世の不条理に物申し、女友達と笑って泣いて、時には深ーく自己反省。アガワの真実は女の本音。笑いジワ必至の痛快エッセイ。
204760-0

あ-60-2
空耳アワワ
阿川佐和子
喜喜怒楽楽、ときどき哀。オンナの現実胸に秘め、懲りないアガワが今日も行く！　読めば吹き出す痛快無比の「ごめんあそばせ」エッセイ。
205003-7

あ-60-3
いい女、ふだんブッ散らかしており
阿川佐和子
父の葬式、認知症の母の介護、そして還暦過ぎての結婚……。自らにじわじわ迫りくる「小さな老い」を蹴散らして、挑戦し続ける怒濤の日々を綴るエッセイ。
207162-9

あ-60-4
老人初心者の覚悟
阿川佐和子
老化とは順応することである！　六十五歳、「高齢者」の仲間入りをしてからの踏んだり蹴ったりを、ときに強気に、ときに弱気に綴る、必笑エッセイ第二弾。
207317-3

あ-69-1
追悼の達人
嵐山光三郎
情死した有島武郎に送られた追悼は？　三島由紀夫の死に同時代の知識人はどう反応したか。作家49人に寄せられた追悼を手がかりに彼らの人生を照射する。
205432-5

う-3-7 **生きて行く私** 宇野千代

“私は自分でも意識せずに、自分の生きたいと思うように生きて来た” ひたむきに恋をし、ひたすらに前を見つめて歩んだ歳月を率直に綴った鮮烈な自伝。

201867-9

か-61-5 **世界は終わりそうにない** 角田光代

恋なんて、世間で言われているほど、いいものではない。それでも……愛おしい人生の凸凹を味わうエッセイ集。三浦しをん、吉本ばなな他との爆笑対談も収録。

206512-3

こ-30-1 **奇食珍食** 小泉武夫

蚊の目玉のスープ、カミキリムシの幼虫、ヒルのソーセージ、昆虫も爬虫類・両生類も紙も灰も食べつくす、世界各地の珍奇でしかも理にかなった食の生態。

202088-7

こ-30-3 **酒肴《しゅこう》奇譚《きたん》** 語部《かたりべ》醸児《じょうじ》之《の》酒肴譚《しゅこうたん》 小泉武夫

酒の申し子「諸白醸児」を名乗る醸造学の第一人者で、東京農大の痛快教授が“語部”となって繰りひろげる酒にまつわる正真正銘の、とっておき珍談奇談。

202968-2

こ-30-5 **灰と日本人** 小泉武夫

発火、料理、消毒、肥料、発酵、製紙、染料、陶芸等、道具や材料だった必需品について食生活、社会、風俗、宗教、芸術に分け入り科学と神秘性を解き明かす。

206708-0

こ-30-6 **江戸の健康食** 小泉武夫

身近な食材で病気にならないように工夫した先人の知恵に学ぶ。海の幸、山の幸、発酵食品から酒の飲み方まで、当時の料理法、養生法を現在の観点から解説。

207516-0

さ-44-2 **嘘ばっか** 新釈・世界おとぎ話 佐野洋子

野心的なシンデレラ、不美人な白雪姫……ユーモアと毒のきいた、二十六篇のおとぎ話パロディ。全話に挿絵つき。〈巻末エッセイ〉岸田今日子・村田沙耶香

206974-9

ひ-26-1 **買物71番勝負** 平松洋子

この買物、はたしてアタリかハズレか。一つ一つの買物は一期一会の真剣勝負だ。キャミソールから浄水ポットまで、買物名人のバッグの中身は？〈解説〉有吉玉青

204839-3

各書目の下段の数字はISBNコードです。978-4-12が省略してあります。

た-33-16
晴耕雨読ときどきワイン
玉村豊男
著者の軽井沢移住後数年から、ヴィラデスト農園に至る軽井沢、御代田時代（一九八八～九三年）を綴る。題名のライフスタイルが理想と言うが……。
203560-7

た-33-19
パンとワインとおしゃべりと
玉村豊男
大のパン好きの著者がフランス留学時代や旅先で出会ったさまざまなパンやワインと、それにまつわる愉快なエピソードをちりばめたおいしいエッセイ集。
203978-0

た-33-20
健全なる美食
玉村豊男
二十数年にわたり、料理を自ら作り続けている著者が、客へのもてなし料理の中から自慢のレシピを紹介。食文化のエッセンスのつまったグルメな一冊。カラー版
204123-3

た-33-22
料理の四面体
玉村豊男
英国式ローストビーフとアジの干物の共通点は？ 刺身もタコ酢もサラダである？ 火・水・空気・油の四要素から、全ての料理の基本を語り尽くした名著。〈解説〉日高良実
205283-3

ほ-16-1
回送電車
堀江敏幸
評論とエッセイ、小説。その「はざま」にある何かを求め、文学の諸領域を軽やかに横断する——著者の本領が発揮された、軽やかでゆるやかな散文集。
204989-5

ほ-16-2
一階でも二階でもない夜　回送電車Ⅱ
堀江敏幸
須賀敦子ら7人のポルトレ、10年ぶりのフランス長期滞在で感じたこと、なにげない日常のなかに見出した秘蹟の数々……54篇の散文に独自の世界が立ち上がる。〈解説〉竹西寛子
205243-7

ほ-16-5
アイロンと朝の詩人　回送電車Ⅲ
堀江敏幸
一本のスラックスが、やわらかい平均台になって彼女を呼んでいた——。ぐいぐいと、そしてゆっくりと、読み手を誘う四十九篇。好評「回送電車」シリーズ第三弾。
205708-1

ほ-16-7
象が踏んでも　回送電車Ⅳ
堀江敏幸
一日一日を「緊張感のあるぼんやり」のなかで過ごしたい——異質な他者や、曖昧な時間が行きかう時空を泳ぐ、初の長篇詩と散文集。シリーズ第四弾。
206025-8